君がセカイを裏切る前に

World End Chronicle
Before you betray the world

ワールドエンドクロニクル

霜野おつかい
イラスト イセ川ヤスタカ

World End Chronicle
Before you betray the world
Character Introduction

クロウ・ガーランド

王国の元騎士でリィンの元恋人。
世界を滅ぼしたリィンを討つため、
人類には使い手のいなかった影導魔術を会得した。
リィンに敗れた際、彼女に促されて10年前の世界に舞い戻り、
彼女の暗殺を決意する。

リィン＝カーネイション・フィン・トランヴァース

魔神に呪われた王国の姫君。
魔術を無効化する能力を持ち、〝災厄王女〟と呼ばれる。
クロウの世界では、人類を裏切って魔族に与し、
世界を滅ぼした直接の要因であった。
魔術が使えない代わりに、
古の剣技を《光刃流》を会得している最強の剣士。

サクラ・ナデギリ
クロウの幼馴染で魔道騎士見習い。
得意とするのは治癒の魔術。
かつてクロウの世界では十八歳で命を落とし、
クロウを復讐に取り憑かせるきっかけとなった。
ベアトルージュ・トロワ
クロウたちの前に現れた高位魔族の女。
享楽的で退廃的だが、
その魔術の力は人類では
太刀打ちできないほど高い。
トリス・メギストス＝ノヴァ
王家お抱えの顧問魔術師。
三百年前の建国当時から王国に仕え、
王国の秘密を知る生き字引。
エルフであり、人間とは比べ物にならない長寿。

すぐそばの焚火が照らし出すのは、
瑞々しくも火照った素肌。
細い首筋を玉のような雫が滑り、
深い胸の谷間に吸い込まれていく。

おまえも
世界も、
両方
救わせろ‼

World End Chronicle
Before you betray the world

Contents

目次

ワールドエンドクロニクル 君がセカイを裏切る前に

霜野おつかい

GA文庫

カバー・口絵　本文イラスト
イセ川ヤスタカ

prologue　プロローグ

World End Chronicle
Before you betray the world

これは、世界を救うための正当な行為だ。


虫も鳴かないような静かな夜。

舞台はトランヴァース王国郊外に建つ、とある屋敷の、とある部屋だ。

月明かりが差し込むその一室には豪奢《ごうしゃ》な家具が並び、奥には大きな寝台が置かれている。

「うみゅ……う」

そこには美しい少女が眠っていた。

年のころは十代半《なか》ば。オフショルダーの薄い寝巻の下には、豊かに育った肢体《したい》がかすかに透けて、純金を溶かしたような長い髪が波紋のようにシーツの海に広がっている。

小さな唇からこぼれ出るのは穏やかな寝息。

このまま朝が来るまで、彼女はこんこんと眠り続けることだろう。

そんな少女のことを……ベッドのそばで、じっと見つめる影がいた。

「……」

影は、少女と同じ年頃《としごろ》の少年だった。

髪も目も、闇《やみ》に溶けるような純黒。魔道騎士の制服を着こんでいてもわかるほど体軀《たいく》はよく鍛えられており、少女を映すその瞳《ひとみ》には強固な光がともっていた。

少年は無言のまま、懐《ふところ》から小ぶりなナイフをそっと取り出す。

音もなく鞘《さや》から抜き放てば、現れるのはすこし欠けた刀身。

一見してわかるくらいの、大量生産の安物だ。

だが少女ひとりをこの世から葬り去るくらいのことはできるだろう。

「……」

少年は軽く瞑目《めいもく》する。

彼にとって、少女はかつて愛したひとだった。

同時に、かつて憎んだ仇敵《きゅうてき》でもあった。

それをやっとこの手で殺せるのだ。

煮え立つような高揚感が、わずかに残っていた少年の迷いを根こそぎ刈り取っていく。

少年は決意とともに目を見開いて――。

「っ……!」

躊躇《ちゅうちょ》なく、少女の心臓めがけてそのナイフを振り下ろした。

これで未来は救われる……はずだった。

一章　終わる世界

World End Chronicle
Before you betray the world

トランヴァース王国。

それはかつてこの大陸で栄華《えいが》を誇った王国の名だ。

だが、今やその姿は見る影もない。

海沿いに広がる山脈を背にして広がる都は完全な廃墟《はいきょ》と化していた。

広がる街並みに刻まれているのはいくつもの巨大なクレーター。それを起点にして地割れが広がり、建物のほとんどが倒壊して瓦礫《がれき》の下には野晒《のざら》しの人骨が散乱している。

もちろん住んでいる者はひとりもいない。

七年前に襲った災厄によって国は一夜にして滅んだのだ。

灰色の曇天《どんてん》から霧のような雨が降《ふ》り注《そそ》ぎ、死んだ都をしとどに濡《ぬ》らしている。

そして今その都を見下ろす丘で、ひとつの決着がつこうとしていた。

それは——世界の命運をかけた死闘だった。

「がはっ……！」

衝撃波を真正面からもろに受け、男は地面に転がった。

黒いローブを目深《まぶか》にかぶった、二十代半《なか》ばの青年だ。

その名を、クロウ・ガーランド。

やけにぎらつく双眸《そうぼう》も、短く切りそろえた髪も、夜空のように深い黒。

ローブの下の肉体はよく鍛え上げられているものの、裂傷や火傷《やけど》でどこもかしこも血まみれだ。生きているのが不思議なほどに、彼は満身創痍《まんしんそうい》だった。

だが、あたりにはクロウ以上の傷を負った死体がいくつも転がっている。

人間、竜人、獣人……さらにはエルフ族まで。

種族や国家の垣根を越えて集結した義勇軍。

およそ千の兵士たちの、なれの果てである。

(はっ……これだけの軍勢を集めても、あいつには敵《かな》わないのかよ)

クロウは唇を嚙《か》みしめて土を掻《か》く。

そんな彼の耳に、凛《りん》とした声が刺さった。

「いい加減、諦《あきら》めたらどう?」

「っ……!」

目の前、わずか数メートルの先にひとりの女が立っていた。

長い金の髪に、シアンブルーの瞳《ひとみ》。

面立ちは寸分の狂いなく流麗《りゅうれい》な線を描き、ぞっとするほどの冷たい美をたたえている。

小柄な体にまとうのは漆黒《しっこく》の鎧《よろい》だ。鬼神めいたその禍々《まがまが》しい造形と、女の美しさとが調和してやけにさまになっていた。

この場で生きているのは、おそらくこの女とクロウのみである。

そして彼女こそが……この死体の山を作り出した張本人でもあった。

女はあたりを見回して重いため息をこぼしてみせる。

「どれだけ足掻《あが》こうとも無駄よ。聖遺物は渡さないわ」

「渡さない、ねえ……よく言うぜ。元はと言えばそいつは全部、おまえがあちこちから盗み出したもんだろうが。いくつもの国を滅ぼしたうえでな」

「……ええ、そうね。言い訳はしないわ」

女は重々しくうなずいて、腰の短剣をゆっくりと抜き放つ。

柄《つか》も刃《やいば》も、墨で固めたようなひと振りだ。持ち手は血のようなしみでひどく汚れており、その刀身には隈《くま》なく奇怪な魔術文字が刻まれている。

一目見るだけでわかる異様なそれを、女は見せつけるように翳《かざ》してみせた。

「この聖遺物、黒陽剣《こくようけん》も……七年前にトランヴァース王国を滅ぼして手に入れたものよ。ほかにもいくつもの国を滅ぼして多くの命を犠牲にしたわ」

トランヴァース王国、深緑《しんりょく》の谷、東龍《とうりゅう》共和国……。

名だたる大国が、この数年間ですべてこの女の手によって滅ぼされた。

その目的はいたってシンプルだ。

各国が保有する究極の魔道具――聖遺物を強奪《ごうだつ》すること。

「この七年で五つの聖遺物を手に入れたわ。最後のひとつも、じきにこの手に入るはず。そうすれば……私の願いはようやく叶《かな》うの」

「……願い、ねえ」

倒れたまま、クロウは乾いた舌を無理やり動かす。

降りしきる雨が体温を奪い、一音紡《つむ》ぐだけでも体が軋《きし》む。

それでも女をにらむ瞳にはありったけの憎悪を込めた。

「いまさら何を願うっていうんだ。聖遺物を集め切れば……この世界は終わるっていうのに」

「あら、よくご存じね。考えの足りないバカじゃないんだ」

「はっ。魔神の伝説なんてガキでも知ってるだろ」

魔神。

それは、三百年前にこの世界を襲った脅威の名だ。

ここととは異なる、魔界と呼ばれる世界から訪れた異邦の存在。

魔神は魔界の住人――魔族を率いてこの世界に渾沌《こんとん》をもたらした。あらゆる種族が一致団結し、魔神に抵抗したものの、その侵略を止めるには至らず世界は滅びを待つだけだった。

だがしかし、ある日魔神はたったひとりの人間によってあっけなく倒されてしまう。

「魔神を倒した英雄は魔界につながるゲートを封印して、この世界に平和を取り戻した。その封印の要になったのが、聖遺物。魔神が所持していた魔道具だ」

それぞれ壮絶な力を有した奇跡の魔道具。

計六つのそれらの力を利用して、英雄は魔界とこちらをつなぐ門を閉ざした。

その後、聖遺物は世界のあちこちでばらばらに保管されることになる。

なぜならば――。

『ふたたび聖遺物がそろったとき、封印が解けて魔界への門が開くだろう。だからゆめゆめ……聖遺物を動かさぬように』

かの英雄がそう言い残したからだ。

だがしかし、その聖遺物がもうこの場に五つも揃《そろ》ってしまっている。

「あとひとつで、魔界の門が開く。そうなったらもうおしまいだ。魔族がこっちの世界にやってきて……三百年前の繰り返しだ。世界は今度こそ終わりを迎える」

不死に近い肉体を持ち、絶大なる魔力を有する魔族たち。

彼らを前にして、弱り切ったこの世界が対抗できるとは思えない。

かつて世界を救った英雄はとうに鬼籍《きせき》に入っているのだ。

「世界を滅ぼしてまで叶えたい願いっていうのは……いったいどんな願いなんだよ」

「……さあね。無駄話はここまでにしておきましょう」

女がゆっくりと黒陽剣を持ち上げる。

その先端から生じるのは漆黒の雷だ。

最初は小さな火花でしかなかったそれが、瞬《またた》く間もなく巨大に成長していく。まるで虚空《こくう》にそびえる大樹の根だ。絶大な熱量が空気を熱し、逆巻く風がふたりを叩《たた》く。

「あなたに恨みはない。でも……」

宝石のような澄んだ瞳がクロウを射抜く。

だがその美しさには一切《いっさい》の迷いが感じられなかった。

女は険しい形相《ぎょうそう》でその雷剣を揮《ふる》う!

「私にはなにを犠牲にしてでも……成し遂げなきゃならない願いがあるのよ!」

瞬間、大気が震え、刃の先端から黒が奔《はし》った。

それこそがトランヴァース王国を一夜のうちに葬り去った魔神の鉄槌《てっつい》。

天駆けるそれが、むせ返るほどの熱波とともに真っすぐクロウに迫りくる。

今の自分にはあれを避ける体力も、防ぐ魔力も残ってはいない。

「……ここまで、か」

クロウはただ静かにまぶたを閉ざす。

その裏に浮かぶのは、今は亡き故郷の光景だ。孤児院の仲間たちに、よくしてくれた幼馴染《おさななじみ》、魔術を教えてくれた師匠……平和でおだやかな祖国での日々が走馬灯のように蘇《よみがえ》る。

そして最後に浮かぶのは……とある少女の笑顔だった。

「じゃあな、リィン。世界の誰《だれ》より愛していたよ」

「っ……！」

その瞬間。

黒雷がクロウの眼前で軌道を変えて、すぐ背後にたたずむ岩を木っ端《こ ぱ》みじんに砕いてみせた。

その轟音《ごうおん》が過ぎ去れば、耳が痛むほどの静けさが去来する。

やがて、女が黒陽剣を取り落とす。

「そんな……まさか……」

肩を震わせ後ずさるその様は、世界を破滅に追いやろうとする悪魔にはとうてい似つかわしくないものだった。舌をもつれさせながら、女は問う。

「あなた、ひょっとして……クロウ、なの？」

「へえ？　なんだ、忘れられたもんだと思っていたが……意外だな」

クロウは腰を落としたまま、ゆっくりと顔を上げる。

ローブのフードを上げてその素顔を晒《さら》してやれば、女は声にならない悲鳴を上げた。

「久しぶりだな、リィン。俺《おれ》だ。クロウ・ガーランドだよ」

「なんで……⁉　どうしてあなたが、こんなところにいるのよ⁉」

「はっ、そんなの決まってるだろ」

彼女と会うのはずいぶん久々だ。

いろんな感情がないまぜとなって、浮かべる笑みはひどく歪《ゆが》んだものとなる。

かつて、クロウはこのトランヴァース王国で生まれ育った。

そしてまだ少年だったころに彼女と出会い――特別な関係となったのだ。

「世界が終わる前に……かつての恋人に会いに来たんだよ」

「っ……！」

リィンはますます顔をひきつらせ、口元を覆《おお》うばかりだった。

言葉を失う彼女とは対照的に、こちらの口は異常によく回り始める。

「おまえと最後に会ったのは七年前だな。今でもはっきり覚えてるよ」

クロウはゆっくりとかぶりを振る。

「おまえがトランヴァース王国を滅ぼした日のことは……忘れようたって忘れられないよ」

「っ……クロウ、私は――」

「はっ。まんまと騙《だま》されたよ、リィン」

何事かを口にしかけた彼女の言葉を遮《さえぎ》って、クロウは続ける。

言い訳や謝罪の言葉、開き直りも、なにひとつとして聞きたくはなかった。

七年前。

脳に刻みつけられた記憶が、まざまざと蘇る。

だがその記憶は赤黒く変色していて、クロウの頭にひどい痛みを生じさせた。

「今でもはっきり覚えているよ。事の発端は、ある日おまえが……奇妙なことを頼んできたんだよな」

聖遺物のひとつ、黒陽剣。

リィンは、それを見たいと言い出したのだ。

だがしかし、黒陽剣はトランヴァース王国で厳重に保管されており、国王ですら触れることを許されない宝物だった。当然、見学の許可など下りるはずがない。

それなのに、クロウはなんとかしてリィンの願いを叶えてやろうと奔走した。

なにしろ当時の彼女は、とある事情からほとんどの自由を制限されていたのだ。

そんな不憫《ふびん》な恋人のわがままを聞いてやらねば男が廃《すた》ると、本気でそう思った。

だが、その結果――。

クロウは顔を覆って憎悪を叫ぶ。

「あんな馬鹿《ばか》げた頼み事、無視すりゃよかったんだ……！　それなのに俺は……おまえに協力してしまった……！」

聖遺物が保管されている場所に至るまでの道のりや、警備の入れ替わるタイミング。

クロウは入念な下調べをして、リィンを聖遺物のもとに導いてしまった。

厳重な封印が施されていると聞いていた宝物庫は、なぜかそのとき見張りがひとりも立ってはおらず、カギもすべて外れていた。おかげでひどく拍子抜けしてしまったのを覚えている。

だが、そこからの記憶はあいまいだ。

気付けばクロウは朝日のもと、倒壊した宝物庫の隅でひとり倒れていた。

あたりは火の海と化していて、聖遺物とリィンはその場から消えていて。

慌てて都に戻ってみれば――。

「俺は……あの日の光景を一生忘れない！」

そこに広がっていたのは、凄惨《せいさん》な地獄だった。

街の随所に刻まれた巨大なクレーター。それを起点に広がる地割れ。

ちょうどこの丘から見える光景だ。

それにあのときは、炎と悲鳴が加わっていた。

あとで聞けば漆黒の雷が国の全土を襲い、ありとあらゆるものを焼き尽くしたのだという。

あちこちに真新しい死体が転がる街並みを、クロウはリィンを探して駆けずり回った。しかし彼女の姿はどこにもなく、ただ数多くの知人たちの亡骸《なきがら》を見つけるだけだった。

この事件によって国王ならびに王族のほとんどが死去。

国民の約八割が死亡、もしくは行方《ゆくえ》不明。

大陸一の大国として名を馳《は》せていたはずのトランヴァース王国は、一夜のうちに滅び去った。

その後、絶望に沈むクロウのもとに耳を疑うような噂《うわさ》が届く。

黒陽剣を持った少女が、各地で聖遺物狩りをしているという噂を……。

「おまえは最初から、俺を利用するつもりだったんだろう！　恋人なんて……聖遺物を盗む手伝いをさせるための方便でしかなかったんだ！」

「たしかに私は……あの日、あなたを利用した」

リィンは深くうつむき、たったそれだけの言葉をしぼりだした。

雨の音にかき消されてしまいそうなほどにか細い声だ。

その立ち姿は隙《すき》だらけ。顔は固くこわばり、黒陽剣も地面に転がったままである。

だからクロウは……尽きたはずの己《おのれ》の命がふたたび音を立てて燃え上がるのを感じるのだ。

この七年、心身がすり減るほどの過酷な修行に耐え、様々な魔術を会得した。

それはすべて――この日のためだった。

「俺はおまえに騙されて、償い切れない罪を負った！　だから、せめてものケジメのために……！」

右手を突きだし、しゃにむに叫ぶと同時。

「おまえをいつか必ずこの手で殺すと、決めたんだ！」

クロウの影がぐにゃりと蠢《うごめ》き、地面を突き破るようにして躍り出る。

それが形作るのは異形の怪腕。鎌《かま》のように鋭い五本の鉤爪《かぎづめ》を有したその腕が、瞬く間もなくリィンめがけて肉薄する。

影を操《あやつ》る高等魔術。

影導魔術、第一階梯《かいてい》《投影《シャドーアーツ》》。

クロウの持ちうる手札の中で、唯一彼女に届く魔術である。

文字通り、最後の力を振り絞った一撃だった。

「でもクロウ！　私は、あなたを……！」

影の怪腕が彼女の身体に届く、その寸前。

「させぬ」

「がぐっ⁉」

鈍い衝撃。それと同時にクロウの視界が赤黒く染まった。

リィンの返り血？　──いや、違う。

なにかが自分の身を襲ったのだと理解してすぐ、息のかわりに大量の血を吐いた。

ゆっくりと己《おのれ》の身体を見下ろす。腹から生えているのは、一本の銀の槍《やり》だ。

背中から刺さったそれは見事に体を貫通しており、先端から真新しい鮮血がしたたり落ちる。

「なっ、に……⁉」

「クロウ⁉」

「邪魔立てするなよ、人間」

リィンの悲痛な声とは対照的な、平坦《へいたん》な音。

クロウは串刺しになったまま、無理やりに顔を上げる。

影の怪腕を押しとどめていたのは、見知らぬ人物だ。

身にまとうのは、やけにカラフルな道化じみた衣装である。

その体つきから女性だと思われるが、顔の半分以上を覆い隠す仮面によって人相はわずかにもうかがい知れない。

その背中に生えるのは見るも美しい六枚羽。

虹色に輝くそれをはためかせ、道化は静かに告げる。

「こちらにおわすは、我が主《あるじ》。何人たりとも害することは許されぬ」

「ま、まぞ……く⁉」

そこで、とうとう体が限界を迎えた。クロウがぐしゃりと倒れ伏せば、それと同時に影の腕は消え、雨で洗い流せないほどの血だまりがあっという間に地面に広がっていく。

「クロウ……⁉」

「主様《あるじさま》」

悲鳴を上げ、こちらに駆け寄ろうとするリィン。

道化はそれを制止して、その場に跪《ひざまず》いて深く首を垂れてみせる。

立ち居振る舞いだけ見れば非の打ちどころのない忠臣だ。

だがしかし、その所作は完璧《かんぺき》すぎていていっそ慇懃《いんぎん》とも言うべきものだった。

「見事でございます、主様。ついに五つの聖遺物を収集せしめましたか」

道化は恭《うやうや》しく右手を差し伸べる。

そこには何かが握られていて――。

「約定どおり。あなた様にこの、最後の聖遺物を奉献いたしましょう」

「これ、が……」

それをリィンが震える指で受け取ると同時に、空が戦慄《わなな》いた。

「ひゃっ、な、なに⁉」

突き上げるような揺れが大地を襲う。

しかしそれよりも驚嘆すべき異変が上空で起こっていた。

あれだけ雨粒を落としていた暗雲が、あっという間に掻き消《き》える。そのかわりに空を覆うのは夕焼けよりも紅い赤だ。

やがてその空に、じわじわと黒い染《し》みが浮かび、明確な形を成していく。

それは紛《まご》うことなき扉だった。

見るも悍《おぞ》ましい怪物が彫り込まれたその扉が、ゆっくりと開いていく。

「すべての聖遺物が、あるべき主の手に渡った。ゆえにこれより、魔界の門が開きます」

扉の隙間《すきま》から見えるのは、ただひたすらに昏《くら》い闇《やみ》。

その闇が蠢いて、この世界にずるりと這《は》い出《で》てくる。それは無数の人影だった。道化と同じ六枚羽を有するそれらが、けたたましい哄笑《こうしょう》とともに世界へ広がっていく。

魔族の侵攻が、とうとう始まったのだ。

「これでこの世界は完全に終わりを迎える。主様もそれを理解して、聖遺物を集めたはずでしょう」

「……ええ、たしかにそうだったわね」

リィンは重々しくうなずいてみせる。

クロウはただ血だまりの中で、その絶望的な光景を見上げることしかできなかった。

(結局俺は、なにも成し遂げられずに終わるのか……)

仇《かたき》を討《う》つこともできず、世界の崩壊を止めることもできず、ここで死ぬ。

弱々しい嘲笑《ちょうしょう》が口の端《は》に浮かび、またほんの少しの血を吐いた。

もはや痛みも感じない。

ただ、どうしようもないほどの睡魔が彼を襲う。

(ごめんな、みんな……仇を取って、やれなくて……ほんとに、ごめん)

幼馴染のサクラ。

師匠のトリス。

もうこの世にいない人々に、静かに祈りを捧《ささ》げる。

無念さに唇を噛みしめるが……これから懐かしい彼女らに会いに行けるのだと思うと、死への恐怖は不思議と少なかった。

このままぶたを閉ざせば、きっともう、それで終わる。

抗《あらが》いがたい眠気に誘われるままに、クロウは――。

「クロウ」

「っ……」

心地よいはずの眠りを、無慈悲にも妨げる声があった。

リィンだ。もうほとんど見えないクロウの目でも、彼女が自分の元へゆっくりと歩み寄ってくるのがわかる。とどめを刺そうというのだろうか。

だが彼女はクロウのそばにしゃがみこみ、冷たくなりはじめたその手をそっと握った。

「あなたが私を恨むのは当然だわ。そして私には……あなたに償う義務がある」

「なに、を……っ⁉」

クロウの手にそっとなにかが握らされる。

それを目にして、遠のきかけていた意識が一瞬でクリアになった。

「主様……その聖遺物は、あなたがもっとも欲していた物ではないのですか」

「いいのよ。私みたいな罪人よりも……彼の方が、きっと役立ててくれるはずだから」

咎《とが》めるような道化の言葉にリィンはただかぶりを振る。

クロウの掌に握らされたもの。

それは、ひとつの金の指輪だった。

よく磨き上げられたその表にも裏にも、奇怪な魔術文字がびっしりと刻まれている。

「聖遺物、道標輪廻《どうひょうりんね》」

リィンは優しい声で語り掛ける。

「それに願って。あなたには、その権利がある」

「はっ、いまさら……なにが変わるっていうんだよ」

世界は終わろうとしていて、クロウの命も尽きようとしている。

もうすべてが手遅れだ。

それなのに、リィンは片目をすがめて笑ってみせる。

「本当にそう思うの？」

「なに……」

「あなたが手にしているのは聖遺物。この世界の理《ことわり》だってねじ曲げる究極の魔道具よ。その力の一端を……あなたは知っているはずでしょう？」

「っ……変わるっていうのか、この最悪の状況が」

「……信じるも信じないもあなた次第よ、クロウ」

リィンが囁《ささや》くように問いかける。

「さあ。あなたの願いは、いったいなに？」

クロウの願い。

それは、リィンを殺すことだ。

だが、なぜかこのときはもっと別の願いが胸に浮かんだ。

それはどう考えても叶うはずのない……夢物語のような願望だ。

この指輪に祈ったからといって、なにが変わるかもわからない。

そもそもこんな腹に風穴の空いた死にぞこないに、できることなどあるはずがない。

それでも藁《わら》にもすがる思いだった。血と泥だらけの上体を起こし、衝動に突き動かされるままに指輪をぎゅっと握りしめる。

自身の願いを強く心に描く。夢物語のようなそれは——。

「俺の、願いは……！」

滅んだ国々を蘇らせることか。

死んだ人々を生き返らせることか。

魔界へつながる、あの門を閉ざすことか。

否《いな》——その、すべてである。

クロウは魂を震わせて叫ぶ。

「この世界に降りかかった災厄を……すべて、なかったことに！」

——御意《イエス》、主様《マイロード》。それが汝《あるじ》の願いとあらば。

厳かな女の声がどこからともなく響いたその瞬間、指輪がカッと熱を帯びた。

それと同時にまばゆい光があふれ出す。光は何条もの帯と化し、クロウの身体をからめとって中空へと浮き上がらせた。その光が肌を撫《な》ぜる感覚に死にかけの肝《きも》が縮み上がる。

触れただけで理解した。

この光は、高濃度の魔力そのものだ。

「っ、リィン……！　この指輪は、いったい……⁉」

「それはあなたの道を照らすもの。どうか大事にしてね。そして、どうか……」

視界が遮られ、唇になにか柔らかなものが触れた。

だが、すぐにそれは離れてしまう。リィンは唇にクロウの血をつけたまま、柔らかな微笑みを浮かべて……その頰《ほお》に、一筋の涙が落ちる。

「私が世界を滅ぼす前に、どうか私を殺してちょうだい」

「な、に……っ⁉」

「約束よ。そうすれば、きっと世界は救われるはずだから」

光がさらに強くなる。

リィンの姿も、空の扉も、世界を覆う魔族たちの姿も、すべてが白に塗りつぶされていく。

「……やはり、こうなるのか」

忌々《いまいま》しげにつぶやく道化の声だけがかすかに届いた。

「待て！　リィン！　聞かせてくれ……！　どうして、どうしておまえは……！」

おもわずクロウは光の向こうへ手を伸ばす。

もう二度と彼女に会えない気がした。

だから……この七年もの間ずっと抱き続けていた疑問を、彼女にぶつけるのだ。

「おまえは、なんでトランヴァース王国を……この世界を、裏切ったんだ！」

だがしかし、その答えが返ってくることはなく――。

光が、ついにすべてを覆い尽くした。


「っ……リィン！」

伸ばした手が空を掴《つか》み、クロウはハッとして跳ね起きる。

全力疾走した後のように、体中びっしょりと嫌な汗で濡れていた。

呼吸を落ち着け、あたりを見回す。

「え……どこだ、ここ？」

そこは、トランヴァース王国を見下ろす丘……などではなかった。

なんの変哲もない、ふつうの部屋だ。

その隅のベッドの上にクロウは寝かされていて、リィンやあの道化の姿はどこにもない。あたりをうかがおうと身じろぎして……はっと右手を見下ろす。

その人差し指で輝くのは、リィンから受け取ったあの金の指輪だった。

「……夢じゃなかったことだけはたしかみたいだけど。ここ、どこだ……？」

とりあえずクロウは精神を研ぎ澄ませ、あたりをうかがう。

部屋の中にある家具といえば、簡素な机と椅子《いす》。あとは小さなクローゼットとベッドのみ。殺風景としか言いようのないその内装に、クロウの胸はなぜか無性にざわついていく。

自分はこの部屋を、かつてどこかで見た気がした。

おまけに着ていたシャツをめくれば、槍の刺さった形跡すら見当たらない。

誰かが白魔術で手当てしてくれたにしても、綺麗《きれい》に治りすぎている。

違和感だけがどんどん降り積もる。

そんな中、意を決してベッドから出てみようとするのだが——。

「あれ、ようやく起きたの？」

「っ……！」

そこで突然声をかけられて、クロウの心臓は大きく跳ねた。

しかしもっと肝を冷やしたのは、その声の主をたしかめてからのことだった。

「……は」

「まったくもう。今日もお寝坊さんだね、クロウくん」

ドアが開き、そこからひとりの人物が現れる。

それは、なんの変哲もないひとりの少女だった。

まだすこし幼さの残るあどけない顔立ちだが、体つきはふっくらと丸みを帯びていて、少女と大人の女性のちょうど中間のような魅力的なプロポーション。素朴な笑顔がよく似合い、過度な美しさこそ持ち合わせていないものの、誰からも愛されるような少女だ。

桜色の髪を飾るのは、カンザシと呼ばれる東の国の髪飾り。

身にまとうのは真新しい魔道騎士の制服だ。

ベッドの上のクロウを見て、彼女は困ったように眉《まゆ》を寄せる。

「朝に弱いのは学生のときからちっとも変わらないんだから。でもせっかく魔道騎士になれたんだから、もっとしっかりしないとダメなんだからね」

その声には甘い親しみが込められていて、耳に心地よくしみこんだ。

だがそんな少女を前にして、クロウは顔から血の気が失せていくのがわかる。

震える舌で、その名を呼ぶ。

「さ、サクラ……？」

「うん？　どうかしたの？」

小首をかしげる彼女の名は、サクラ・ナデギリ。

七年前にトランヴァース王国が滅んだ際に亡《な》くしたはずの……クロウの幼馴染だ。

「うっ、わあああああああああああああ⁉」

「へ……って、ちょっとクロウくん⁉」

ベッドから転がり落ちるようにして、クロウは彼女から距離を取った。

こんなことあるはずはない。なにしろサクラはクロウがこの手で埋葬したのだ。

崩壊した都で彼女の亡骸《なきがら》を見つけたときの絶望感も、墓穴を掘る際に感じた土の重さも、供えた花の色も、鮮明に脳裏《のうり》に焼き付いている。

喉《のど》はからからに乾き、心臓は早鐘《はやがね》のようにうるさく鳴り響く。

「な、なんだよこれ……！　なんでサクラがここにいるんだ！　おまえは、たしかにあのとき……七年前に、死んだはずだろ⁉」

「は、はい……？　私が死んだって……なに？　変な夢でも見たの？」

サクラらしき少女は怯《おび》えたようにうろたえてみせる。

その声も姿も表情までも、記憶と寸分たりとも変わらない。

いや、彼女が亡くなったときよりも、少しだけ若い気さえする。

(幻覚か……⁉　でも、それにしては違和感が……っ⁉)

わけもわからず、クロウはさらに後ずさる。

しかしすぐに背中が壁にぶつかった。そこでふと視線をやった先に、窓があった。

「……は？」

今度こそクロウは言葉を失った。

窓ガラスに映っていたのは平均的な体格に、平凡な顔立ちをした……少年だ。

間違いなくそれはクロウ・ガーランド本人。その、かつての姿だった。

二十五歳の、復讐《ふくしゅう》に取り憑《つ》かれ、暗い目をした男はそこにはいない。

そしてそのガラスの向こうに広がるのは――。

「トランヴァース、王国……？」

海に面した街並みだ。

大きな通りがいくつも走り、それに沿って家々が立ち並ぶ。青く澄み切った海原には多くの船が行き交って、その頭上を一匹のドラゴンが悠々《ゆうゆう》と横切っていった。

小高い丘の上にそびえ立つのは純白の城。

巨大なクレーターも地割れも、なにもない。

平和だったころの祖国の姿が、そのままそこに存在していた。

そこでハッと気付くのだ。

この部屋は……自分がかつて祖国で暮らしていた寮の一室だということに。

「お、おい、サクラ！」

「ひうっ、こ、今度はなに……？」

「教えてくれ！　今は……いったい何年なんだ⁉」

「えええ……本当に今朝《けさ》はどうしちゃったの、クロウくん」

「いいから答えろ！　何年だ！」

「ええ……と、ちょうどトランヴァース歴三〇〇年だけど……って、ちょっとクロウくん⁉」

その場にくずおれたクロウのことを、サクラがあわてて支えてくれる。

あまりのことに腰が抜けた。

だって、その年号は……。

(十年前じゃないか⁉)

この国が滅ぶよりも、すこし前の時代だ。

ふつうなら信じられるはずもない。

だが……それを可能にする心当たりが、クロウにはひとつだけ存在した。

(この聖遺物の力なのか……？　俺はこの力で……過去へと、戻ったっていうのか⁉)

その問いを肯定するかのように、指輪がかすかな熱を帯びた。

クロウはゆっくりと顔を上げる。

不安そうにこちらを見つめるサクラと、至近距離で視線がかちあった。

「……なあ、サクラ。もう一度教えてくれ。おまえ……本当に生きてるのか？」

「もう、しつこいってば。あのね、こんな元気そうな幽霊《ゆうれい》がいると思うわけ？」

サクラは呆《あき》れたように肩をすくめてみせる。

そんな些細《ささい》な仕草でさえ、やっぱり記憶にあるそのままで――。

「っ……サクラ！」

「ひゃうう……っ⁉」

いてもたってもいられなくて、クロウは飛びつくようにして彼女を抱きしめた。

「なっ、なに⁉　ほんとにどうし……クロウ、くん？」

サクラは耳まで真《ま》っ赤《か》にして固まるが、すぐにはっとする。

彼がぼろぼろと涙をこぼしていることに気付いたのだろう。

「ごめん……サクラ……ほんとに、ごめん！」

ずっと会いたいと願ってきた。

数え切れないほどに夢に見た。

クロウは彼女に、いや……この国のみなに、言わねばならない言葉があった。

「おまえだけじゃなく、みんなを死なせてしまって、本当にごめん……！」

「えええ……だから、私はこのとおり死んでないってば。もう」

サクラは戸惑いつつも、クロウの背中を優しくさすってくれる。

その手のひらはとても温かい。彼女が間違いなくそこにいる証拠だった。

「まだ出勤まで時間はあるし……落ち着くまで待っててあげるからね。どんな悪い夢を見たのか知らないけど、大丈夫だよ。それは、ただの夢なんだから」
「違う……違うんだ、サクラ……！」
クロウはぼろぼろと涙を流しながら、彼女を抱きしめる腕にさらに力を込める。
（あれは夢なんかじゃない……！　あの未来は……たしかにこれから起こることだ！）
今が十年前ならばクロウはまだ十五歳。
この時代、まだ世界は平和なままだ。
だが……またあの破滅の未来が訪れないとも限らない。
そこで思い出すのは、未来でリィンが残した言葉だ。
『私が世界を滅ぼす前に、どうか私を殺してちょうだい』
その意味を、クロウはようやく理解する。
すべての元凶となるリィンを今のうちに排除すれば……きっと未来は変わるはずだ。
（いいだろう。やってやろうじゃないか、リィン）
全身にかつてないほどの力がみなぎっていく。
仇討《かたきう》ちと償いのためだけに生きてきた男は今、新たな使命を得たのだ。
（俺は……あいつを殺して、今度こそこの世界を救ってみせる！）

◇

クロウが決意を燃やすのとほぼ同時刻。

都から遠く離れた別荘地。その奥にたたずむとある屋敷で、ちょっとした事件が起こってい
た。よく磨かれた床にはカップの破片が散乱し、こぼれた紅茶がテーブルから滴《したた》り落ちる。

「姫様、姫様。いかがいたしました」

「こ、ここは……」

突然倒れた主人のことを、魔道人形のメイドが揺り起こす。

やがて彼女は目を覚まして、真《ま》っ青《さお》な顔であたりを見回し……呆然《ぼうぜん》とつぶやいた。

「もしかして……私は、戻ってきたの？」

「はい？」

二章　災厄王女

World End Chronicle
Before you betray the world

トランヴァース王国。

それは三百年もの昔、魔神を打ち倒した英雄――イオン・トランヴァースが築いた、世界有数の大国だ。

領土は広大で、王都が海に面しているために他国との交易が盛んで人口も多い。

暮らす種族も人間だけでなく、エルフや竜人、亜人など、実に多岐《たき》にわたっている。

海沿いの小高い丘に建った王城は、国の象徴として広く民から愛されていた。

しかしその城が、本日はとある変事に見舞われていた。

現場は城の敷地内。

海を見渡せる、屋外パーティ会場だ。

「きゃあああああああああ⁉」

会場を揺らすのは、つんざくような悲鳴と怒号。

仕立てのいい礼服やドレスが汚れるのにもかまわずに、蒼白《そうはく》な顔で逃げ惑うのは各国から招かれた賓客《ひんきゃく》たちだ。

彼らは数分前まで立食パーティを楽しんでいたはずだが、その和《なご》やかな空気など見る影もない。テーブルは軒並み横倒しとなり、豪勢な料理があちらこちらに散乱していた。

「お怪我《けが》をされた方はいらっしゃいませんか⁉　どうか慌てず、指示に従って避難してください！」

「あああクソっ！　だからこんな警護任務なんて嫌だったんだ！」

護衛に当たっていた魔道騎士たちが声を張り上げるも、混乱は広まる一方だ。

そんな彼らの頭上では――。

「グルァアッァァァァアアアア‼」

巨体をくねらせて、一匹のドラゴンが飛び回っていた。

城と肩を並べるほどのずんぐりとした巨軀《きょく》は、銀色の鱗《うろこ》で覆《おお》われている。

見る者が見れば、はるか千年前から形を変えずに存在する古代魔道生物――エンシェントドラゴンだとわかることだろう。この大陸では滅多《めった》に見ることのできない希少な個体だ。

「きゅ、急にどうしたんだよポチ！　いつもは大人しい子なのになんでっ、ぶげっ⁉」

飼い主らしき竜人の男性が、ドラゴンの太い尻尾《しっぽ》で打ち据えられて地面に沈む。

身体の頑丈さで有名な竜人族とはいえ、これにはひとたまりもなかったらしい。

やがてドラゴンは空中で大きく息を吸い込んでいく。

ドラゴンブレスの前兆だ。

体内のマナ袋で高圧縮されて放たれる光熱線は絶大な威力を誇り、向こう数キロ先までを焦土と変える。おかげでますますパニックが広がっていった。

だが高等魔道生物であるドラゴンを鎮圧できる使い手など、この場にいるはずもなく――。

「影導魔術・第三階梯《かいてい》！《影縛《シャドーバインド》》！」

「ッ⁉」

その瞬間。

ドラゴンの影がざわりと揺らめき、何十本もの触手と化して巨竜の身体を絡《から》めとった。

おかげで地表の誰《だれ》もが逃げる足を止めてその光景に見入ってしまう。

そんな中、誰かが叫び、指をさす。

「あっ、あれは⁉」

その先にいたのは魔道騎士の制服に身を包んだ人影だった。手足に強化魔術の光をまとったそれが、影の触手の上をまるで坂道のようにぐんぐん駆けあがっていく。

「其《そ》は五つの源、深淵なりし青の王！　いざ万象の理《ことわり》を超えて――」

黒い人影が紡《つむ》ぎあげるのは、長く複雑な魔術詠唱。

しかしその詠唱が終わるよりも早く、影の拘束が外れてしまう。ドラゴンが無理やり首をひねり、巨大な咢《あぎと》を開く。一瞬にしてその喉《のど》の奥からあふれ出るのは青白い光。

「へっ」

その軌道線上にいたのは、魔道騎士の少女で——。

「っ、あぶない！」

人ごみをかき分けて、誰かが飛び出してくるのと。

ドラゴンがブレスを放つのと同時に。

人影は触手を踏みつけ空へと躍り出て……莫大《ばくだい》な魔力を解き放つ！

「精霊魔術・第五階梯……《永久なる眠りの凍奏曲《フリージングプレリュード》》！」

「ツッガアアアアア——!?」

空に輝く、青藍《せいらん》の魔方陣。そこから降《ふ》り注《そそ》ぐ凍《い》てつく波動がドラゴンを打ち据え、あっという間に天高くそびえる氷柱へと閉じ込めてしまった。

一気にあたりの気温が下がり、季節外れの小雪がちらつく。

場内に沈黙が訪れる。

しかし……そのすぐあとに割れんばかりの歓声と拍手が轟《とどろ》いた。

誰もが口々に英雄を褒《ほ》め称《たた》え、あれは誰だと噂《うわさ》する。

しかし当の本人——氷柱の上に降り立ったクロウには、それに応《こた》える暇はなかった。

「サクラ！　無事、か……」

ドラゴンブレスが炸裂《さくれつ》した方向に、サクラがいたのを確認していた。

もうもうと上がった黒煙に向けて叫ぶのだが、すぐにその声は尻《しり》すぼみになってしまう。

なにしろ焼き払われた芝生の先には……驚くべき光景が広がっていたからだ。

「ふう……間一髪だったわね」

「あ、あわわ……」

サクラをかばうようにして立つのは、ひとりの少女だ。

長く艶《つや》やかな金の髪。

雨上がりの空を思わせるシアンブルーの瞳《ひとみ》。

頬《ほお》からあごにかけての線は流麗《りゅうれい》で、長いまつげがかすかな陰影を作り出す。

ほんのり薄紅《うすべに》に色づいた唇はまるで小さな果実のようにみずみずしい。

身にまとうのは白を基調とした優美なドレスだ。大きく開いた胸元《むなもと》からはよく育った胸が零《こぼ》れ落ちそうになっている。腕につけた白手袋にはわずかなくすみもない。

まるでおとぎ話に出てくるお姫様。

だがしかし、美しいばかりの花ではないことを、その目に宿る強い光が主張していた。

ドラゴンブレスが襲い掛かったはずのサクラとその少女には、わずかな怪我《けが》もない。

それどころかふたりの周囲だけ、芝生は焼け焦《こ》げることもなく青々と茂っていた。まるで彼女らの手前でブレスが消失してしまったかのような不思議な光景だ。

少女は一息ついてからゆっくりと背後を振り返る。

「怪我はない？　可愛《かわい》い騎士さん」

「ひゃ、ひゃいっ……！」

声を掛けられて、弾《はじ》かれたように立ち上がるサクラだった。

深々と頭を下げて裏返った声で叫ぶ。

「あ、ありがとうございます姫様！　あっ、姫様にお怪我は……⁉」

「私は平気よ。あなたが無事でよかったわ」

少女は目じりを下げて苦笑するだけだった。

そんなふたりのことを……あたりの人々は遠巻きに見つめて、ひそひそと言葉を交わし合う。

「竜のブレスを無効化するとは……災厄王女の力はこれほどのものなのか」

「ひょっとして、この騒動も彼女の呪《のろ》いのせいなのでは……？」

「しっ！　聞こえるわよ！　私たちまで魔神に呪われたらどうするのよ！」

客どころか魔道騎士ですら怯《おび》えの色を隠そうともせず、彼女らに近付こうともしない。

そんな光景を氷柱の上から見下ろして、クロウは頰をかく。

「この時代から災厄王女って呼ばれてるんだもんなあ。まだ世界を滅ぼしてもいないのに……因果なもんだ」

深々とついたため息を聞きとがめる者はこの場にいない。

クロウは指鉄砲を作って、地表の少女に狙《ねら》いをつける。

少女の名前はリィン＝カーネイション・フィン・トランヴァース。

この国の第二王女であり、そして……。

「俺《おれ》がこの手で殺す女だ」


パーティは当然のことながらそこでお開きとなってしまった。

客たちは全員城へと戻り、会場には後片付けに追われる魔道騎士たちが残るのみである。

そんななかで陽光を受けて輝くドラゴンの氷漬けは、ちょっとシュールなオブジェだ。

それをクロウは感慨深く見上げるのだ。

「はあ……昔は逃げることしかできなかったけど。あっさり倒せちまうとはなあ」

「クロウくーん！」

「うん？」

そこで、ひとりの魔道騎士が慌てた様子で駆け寄ってくる。

サクラだ。息を切らせて走る彼女の姿に、クロウの胸はすこし軋《きし》んだ。

「……サクラ。さっきは危なかったみたいだけど、怪我はないか？」

「う、うん、私は平気……って、ああ⁉」

サクラがぎょっと目を見張る。

「クロウくんの方が怪我してるじゃない！　ほらここ！　ほっぺた！」

「うん……？　ありゃ、ほんとだ。切れてんな」

そのときになって気付いたが、右の頬にわずか数センチほどの切り傷が刻まれていた。先ほどの戦闘で負ったものだろう。指で撫《な》でれば微量の血が付着する。

だが、こんなもの怪我のうちにも入らない。それなのにサクラは眉《まゆ》をめいっぱい寄せてみせるのだ。

「もう……危ないことはしないでって言ったのに。動かないでね。天翔る神々の……」

サクラが呪文《じゅもん》を唱え始めると、淡い光がクロウの頬を包みこむ。

そのままわずか数秒もかからずに傷は跡形もなく消え去った。

「これでよし。ほんっと、無茶ばっかりするんだから」

「あはは、悪い悪い」

クロウは苦笑し、頬を掻く。

昔から彼女はクロウのことを気にかけて、あれこれ世話を焼いてくれたものだ。

それが疎《うと》ましかった時期もあるものの……今となっては心地のいい時間でしかない。

だから今回も大人しく彼女に叱《しか》られるつもりだった。

それなのに、彼女の口から次に飛び出てきたのは重いため息だった。

「うん？　どうしたんだよ」

「だって……クロウくんに引き換え、私ってダメだなあって」

サクラはうつむき加減にぼそぼそと。

「ドラゴンの前でなんにもできなくて、挙句の果てにお姫様に守ってもらう始末だし……こんなことじゃ、魔道騎士として失格だよ」

魔道騎士。

それは、この国で治安維持の一端を担う者たちの名だ。

正義を志す者、代々魔道騎士を輩出する名家出身の者、国家公務員という安定を求める者……動機は様々だが、誰もが剣や魔術に優れており、広く市民に信頼されている。

ふたりも、そんな魔道騎士の一員だった。

この春に養成学校を卒業したばかりの新人で、今は現場で経験を積んでいる。

まだまだフレッシュな時期のはずなのだが……サクラは暗い顔で肩を落としてみせる。

「お父さんは応援してくれたけど……私、魔道騎士なんて向いてないのかなあ」

「……そんなことないさ」

そんな彼女の頭を、クロウは優しく撫でてやる。

「おまえがドラゴンに襲われたのは、事件の前線で客たちを避難させていたからだろ。逃げずにいただけでも十分立派だ。ナデギリ司令官もきっと褒めてくれるって」

「……クロウくん」

サクラはぽかんとした上目遣い《うわめづか》でクロウのことを見上げてくる。

しかしすぐにその眉がぐっと寄って——。

「クロウくん……なんだか最近妙に大人っぽいこと言うようになったよね。老《ふ》けこんだって言うか、なんていうか」

「ぐっ……成長したと言え、成長したと」

「あはは、ごめんごめん」

そう言ってサクラはようやくへにゃりと笑ってみせた。

「ふふ、ありがとね、クロウくん。すっごく元気出たよ。私もクロウくんに負けないくらいに頑張ってみせるんだから！」

「そりゃよかった。でも無理はするなよ？」

「えー、ドラゴンと戦っちゃうクロウくんがそれを言っちゃうの？」

目じりを下げてサクラはくすくすと笑い声をこぼす。

たったそれだけでクロウの心には温かなものが宿るのだった。

（まさかまた、生きてこいつの笑顔を見るなんてなあ……）

ちょっとした幸せを噛《か》みしめるクロウ。

だが、そこでふとサクラが小首をかしげてみせるのだ。

「でも……クロウくん。どうして急にあんなに強くなったの？」

「……えっ？」

「さっきドラゴンを氷漬けにした魔術って、精霊魔術の第五階梯でしょ？　あんなのうちのお父さんだって使えないよ。いつの間にあんな大技を習得したの？」

魔術には様々な系統が存在する。

五大元素を主として用いる精霊魔術、契約した存在を呼び出し使役する召喚《しょうかん》魔術、怪我を治す白魔術、呪術を主にする黒魔術……存在が確認されているだけでも十数種類。派生した流派も含めればたやすく百を超えてしまう。

そしてその難易度を示すのが階梯だ。

数字が大きくなればなるほどその威力は跳ね上がるのだが、習得は非常に困難なものとなる。

第五階梯の魔術など、使えるだけで出世コース間違いなしの超難関魔術なのだ。

「学校じゃ魔術は得意な方だったけど……能ある鷹《たか》は爪《つめ》を隠すにしても限度があるよ」

「お、大げさだなあ……えっと、その。隠れて修行したんだよ」

「それにしたって突然じゃない？」

内心焦《あせ》るクロウのことを、サクラは何かを見透かすように目をすがめてじっと凝視する。

「そういえば……クロウくんが変わったのって一ヶ月くらい前からだよね。怖い夢を見たって飛び起きたあの日から」

「……そんなことあったっけか？」

「えええ、もう忘れちゃったの？　あんな盛大な寝ぼけっぷり、しばらく忘れられそうにないんだから。ひょっとして……何か私に言えない悩み事でもあるの？」

「……いやあ、話せば長くなるんだけどな」

クロウは盛大なため息をこぼす。

しばしの逡巡《しゅんじゅん》を経て、彼は重い口を開くのだが——。

「実は俺……十年後の未来から戻ってきたんだ」

「……は?」

「で、その未来だとこの国は滅んでてさ。俺はみんなの仇《かたき》を討《う》つためにバカみたいに修行したから、やたら強い魔術も使えるんだよ」

「……はい?」

言葉を紡ぐにつれて、ふたりの間の空気が完全に凍った。

サクラはぽかんと目を丸くして固まっているし。

あまりにいたたまれなさすぎて……クロウは無理やり口角を持ち上げて笑う。

「……っていう設定の本をこないだ読んだんだけど、面白いと思わないか?」

「っ、もう! 真面目《まじめ》に答えてよ!」

「あはは、ごめんごめん。でも別になんともないって。ただこっそり続けてた修行が実を結んだだけだよ」

「ほんとに……? 困ったこととかなんにもないの?」

「ほんとほんと。昨日だって俺、おまえん家《ち》でたらふくご馳走になっただろ。心身ともに健康

「たしかに起き上がれなくなるくらい食べてたよね……でもそんなに美味《おい》しかったの？　ふつうの家庭料理だったと思うんだけど」

「それがいいんだろ。いやあ、いいお嫁さんになるよ、サクラは」

「ふぇっ⁉　そ、そうなの……？　そこまで言うならまた作ってあげるけど……」

ほんのり頰を朱色に染めて、ごにょごにょと言うサクラだった。

なんとか無事に誤魔化《ごまか》せた。クロウは胸を撫で下ろす。

まあ、久々のサクラの手料理に感極《かんきわ》まったのは事実だが。

（信じてもらえるはずないよなあ。こんな荒唐無稽《こうとうむけい》な話）

だが、事実なのだから仕方がない。

グローブで隠した指輪を、その上からこっそり握りしめてみる。

しかし指輪は熱を発することなく、うんともすんとも反応しなかった。

聖遺物――道標輪廻《どうひょうりんね》。

クロウがその力を使ってこの時代に戻ってきて、およそひと月が経過していた。

今日までできる限りのことを調べ上げ……その結果、様々なことがわかっている。

ひとつ。

やはりここは間違いなく、十年前のトランヴァース王国であること。

ふたつ。

町の景色や周囲の人物関係、国内外で起こる事件、国際情勢など……ありとあらゆるものがクロウの知る歴史と一致していること。

そして最後に、最も重要なのが――。

(この歴史は……変えられる)

今回の古代竜暴走事件が最たる例だ。

クロウの記憶では、ドラゴンは城の一部を半壊させるまで暴走を続け、死者こそ出なかったものの多くのケガ人を生んでしまった。だが今回はクロウが迅速《じんそく》に制圧したことによりケガ人はゼロである。

ほかにも様々な検証を行っている。

本来は半年後に捕まるはずの奴隷《どれい》商人をフライングで検挙してみたり。

連続通り魔となるはずの犯人を、一人目を襲う寸前にとっ捕まえてみたり。

買い逃して悔しい思いをしたちょっとエッチなグラビアを、売り切れる前に買ってみたり。

大きな事件から個人的なことまで。

すこし働きかけるだけで、歴史は簡単に変わることがわかったのだ。

(ただまあ……今回サクラが巻き込まれたのだけは計算外だったな。あのとき襲われたのは俺の方だったし)

懐かしくも苦い記憶が蘇《よみがえ》る。

かつての歴史では、クロウは荒れ狂うドラゴンを前にして何もできず、ドラゴンブレスの直撃を受けた。そして先ほどのサクラと同じように、彼女……リィンに救われたのだ。

（……あれが、すべての始まりだったんだ）

ひとり静かにこぶしを握り、クロウは小さく息をつく。

物思いに沈んでいた間にも、あたりの片付けは着々と進んでいた。

壊れたテーブルなどはすでに撤去されてしまっており、目下のところ氷漬けのドラゴンをどう運ぶか検討されているようだった。

氷柱の真下では何人もの魔道騎士たちが、ああでもない、こうでもないと話し合っている。

凍り付いたドラゴンをあらためて見上げてサクラが感嘆の声を上げる。

「それにしても、ほんとお見事だったよねえ……あと、あれ。ドラゴンを捕まえたときの影の魔術もすごかったよ。あんなの初めて見たけど……なんて魔術なの？」

「ああ、あれは――」

その名を口にしようとした、そのときだ。

背後から、やけにはっきりとした声がかかった。

「影導魔術」

「っ……!?」

クロウはハッと背筋を正す。

おそるおそる振り返ってみれば、そこには小柄な少女が立っていた。

年のころはクロウやサクラとほとんど変わらないことだろう。

利発そうな顔立ちに、銀のツインテールがよく似合う。その頭には大きな三角帽子が乗っていて、スレンダーな体躯《たいく》を包み込むのは黒のワンピース。

一見シンプルな魔女スタイルなのだが、彼女はその上になぜか薄汚れた白衣をまとっていた。

袖《そで》はかなり余っているし、裾《すそ》も地面に引きずりそうだ。

だが、少女に気にするそぶりはなく、ただ淡々と言葉を紡ぐ。

「超絶レアな高等魔術だ。ほかの魔術と比べて詠唱が短く済むくせに、破壊力は抜群。だがそのぶん習得が難しく、今の世じゃ滅多に使い手がいないんだ」

帽子のつばを持ち上げて、ニヒルに目を細めてみせる。

「高位精霊魔術どころか影導魔術まで扱えるとは見上げたもんだ。おまえさんが例の騒ぎを収めたっていう新米かい？」

「は、はい……！」

「クロウくんどうしたの？」

直立不動で返事をするクロウに、サクラは首をかしげてみせる。

しかしすぐに気を取り直したようで、少女に苦笑を向けるのだ。

「あの、パーティのお客様ですか？　申し訳ありませんが、ここはまだ立ち入り禁止なんです。避難場所にご案内しますから、私についてきて――」

「ちょっ、待て待て、こちらのお方は――」

クロウが説明しようとした、その刹那《せつな》。

「ひっ、うわあああああ⁉」

「っ……⁉」

耳をつんざくような複数の悲鳴があたり一帯に響き渡る。

はっとして見れば、例の氷柱にひびが入っていた。瞬《またた》く間にひびは全体に広がって、真下にいた魔道騎士たちが慌てて逃げていく。やがて氷柱は大きく震え――。

バキィッ――――！

「グゥルァアアアアア‼」

氷の塊はついに砕け、ドラゴンが天高く咆哮《ほうこう》を轟《とどろ》かせる。その壮絶な音波によって、あたりの樹木や魔道騎士たちがまるで紙のように軽々と吹っ飛んだ。

ドラゴンはしばしあたりを見回して……ギロリとこちらをねめつける。

その血走った目からは煮えたぎるような強い破壊衝動がうかがえた。

おかげでサクラがひっと短く息をのむのだ。

「なっ、なんでこっちを見てるわけ……⁉」

「あー、さっき俺に負けたのを根に持ってるんじゃないかな」

「呑気《のんき》に言ってる場合なの⁉　あわわっ、こっちに来るよぉ⁉」

地響きとともに突っ込んでくる山のような巨体。

そんなものに直撃されれば人間の肉体など一瞬でミンチ確実だ。その迫力に、サクラが悲鳴を上げてクロウの腕にしがみつく。

「はあ、やれやれ。騒がしいこったな」

そんななかで、件《くだん》の少女は冷静そのものだった。

小さい肩をすくめて懐《ふところ》を漁《あさ》って取り出したのは……やけに無骨な銃で。

銀に輝くそれをドラゴンに向けて――。

「お昼寝の時間だぜ、トカゲくん！」

「ッ…………⁉」

青空のもと砲声が響く。

その瞬間、ドラゴンが急停止して勢いのままにずざざっと地面を滑る。

やがてそれはクロウたちの目の前で静止して……こてんっと倒れてしまうのだ。心地よさそうないびきが、大きく開いた口からこぼれ出る。

その眉間《みけん》には、寸分たがわずダーツのような矢が刺さっていた。

少女は銃口が吐き出す硝煙《しょうえん》をふっと吹き、ニヒルに笑う。

「はっ、特別調合の麻酔銃だ。いい夢見るといいさ」

「へ、え……？　嘘《うそ》……あの子がドラゴンを倒しちゃったの……？」

サクラは目を疑うような光景にたじろぐだけだ。

そんな彼女に、クロウはこっそりと耳打ちする。

「下手な口利《き》かない方がいいぞ。あの方……英雄イオンの時代からいる伝説の魔法使いだ」

「……はい？」

「おや、おまえさんはあたしが誰か知っているようだね」

少女はいたずらっぽく微笑《ほほえ》んで髪をかき上げる。

そうしてあらわになった耳は、笹の葉のように長く尖《とが》っていた。

「改めまして自己紹介だ。あたしはエルフのトリス・メギストス＝ノヴァ。ここの王家お抱えの顧問魔術師さ」

「なっ……王家お抱え⁉」

サクラが素《す》っ頓狂《とんきょう》な声を上げてぺこぺこと頭を下げる。

「す、すみません、そうとは知らず失礼なことを……！」

「いいっていいって。つーかおまえさん、ひょっとしてヒデツグの子かい？　名前は、えーっと、サクラちゃんだっけ」

「は、はい。そうです。サクラです。あの……父をご存じなんですか？」

「ああ、あいつとは昔から飲み仲間でね。うんうん、賢そうな子だ。あいつが自慢するだけはあるな。で……？」

サクラに笑いかけていたかと思えば、トリスはクロウに視線を向ける。

「そっちの少年、名は？」

「……クロウ・ガーランドといいます」

「クロウか。いい名だ。聞いたよ、さっきは大活躍だったそうだね。ドラゴンを仕留めたんだって？」

「いえ、ちょっと動きを止めただけっていうか……そこまで大層なことはしてませんよ」

「なに、謙遜《けんそん》するなよ。影導魔術を使う新米なんて三百年生きたあたしですら初耳だ。これを逸材と呼ばずになんと呼べっていうんだ」

「あはは……ありがとうございます」

背中を流れる冷たい汗を感じながら、クロウは懸命に愛想笑いを浮かべてみせる。

実を言うと、彼女のことは非常によーく知っている。

なにしろ未来ではいろいろと世話になっていたからだ。

この時代に戻ってきたときも、まず真っ先に彼女を頼ることを考えた。

だがしかし、そんな甘い考えは浮かんで数秒ぽっちで捨て去っていた。

「しっかし影導魔術かー。そっかー」

トリスはにたにたと笑いながら、一歩一歩クロウへの距離を詰めてくる。

そうして目の前で立ち止まると……ギロリとその双眸《そうぼう》を光らせた。

「おまえさんさあ、いったいどこでその魔術を学んだんだ？」

「ど、どこでって……普通に訓練しただけですけど」

「おいおい、冗談きついぜ。そいつは英雄イオンが編み出したオリジナルの魔術だ」

トリスは口角を大げさに持ち上げる。

英雄イオン。

それは三百年前に魔神を打ち倒し、トランヴァース王国を築いた伝説の人物だ。

彼は剣に優れて魔道に長け、どんな強敵も打倒した天才であったという。

「現存する指南書は、あたしが奴から預かった一冊のみ。このあたしに師事する以外に、習得する術はないはずなんだよ。いったいどこのどいつに教わったんだ？」

「えっと、実は……」

未来のあなたに教わりました……なんて言ったたって、信じてもらえるはずがない。

むしろ相手の猜疑心《さいぎしん》を煽《あお》るだけだろう。

だからクロウはあいまいに笑うのだ。

「……師匠から、死んでも名前は出すなって言われてまして」

「ふうん。マジで死んでも？」

「そうですね。めちゃくちゃ怖い人ですんで」

「そっかー」

トリスはふっと口角を上げて笑う。

それと同時に、張りつめていた空気がかすかに緩《ゆる》んだ。

「まあいいさ。今回の活躍に免じて、虐《いじ》めるのはまた今度にしてやるよ。しっかしよりにもよって影導魔術とは懐かしい。イオンのやつを思い出すよ」

「イオンのやつ、って……」

そこでサクラが小さく首をかしげる。

「ひょっとして……英雄イオンとお知り合いだったんですか？」

「うん。自慢の悪友ってやつだったよ」

「ほ、ほんとですか!? すごいです！　私、英雄イオンのお話が大好きなんです！　よくお父さんにせがんで絵本を買ってもらいました！」

「おお、そうかい？　おまえさんみたいなファンがいるならあいつも草葉の陰で喜ぶねえ」

「特にあの、ナイフ一本でドラゴンと戦ったっていうお話が好きなんですけど……あれって本当のことなんですか？」

「おいおい。そんなデタラメを本にしてるのはどこの出版社だよ」

「あ……そうですよね、やっぱりいくら英雄イオンでもナイフ一本じゃ――」

「ナイフじゃなくて、得物《えもの》はそこらへんにあった枝きれだった。正しく描いてもらわないと」

「絵本よりすごいじゃないですか⁉」

きゃっきゃとはしゃぐサクラだった。

それにトリスは満足そうに笑い声をあげて……クロウは完全に蚊帳《かや》の外である。

ほっと胸を撫で下ろすと同時に、すこしばかり鼻がツーンとした。

(顔が見れてよかったな。この時代はまだ元気そうだし……)

トリスもまた、十年後の未来では故人となっていた。

彼女にとっては初対面でも、クロウには懐かしい再会なのだ。

そんななか、サクラはふと首をひねって眠り続けるドラゴンを見やる。

「ドラゴンといえば……どうして急に暴《あば》れ出《だ》したんでしょうね。氷漬けになってたはずなのに」

「む？　あー……そりゃたぶん、あいつが来たからだろうな」

「あいつ？」

とたんに口ごもってしまうトリス。

その反応に、サクラはますます不思議そうな顔をするのだが――。

「悪かったわね」

ムスッとした声に全員が振り返る。

すこし離れた場所に立っていたのは、メイドを従えたひとりの少女。

先ほどサクラをドラゴンの脅威から救った、かの姫君――。

リィン姫、その人だった。

「り、リィン姫様⁉」

あわててその場で敬礼するサクラ。

その声に、あたりの魔道騎士たちがぎょっとして振り返った。

「げっ……災厄王女様……⁉」

そのままみな一様に顔を凍り付かせ、間髪いれずにばたばたと立ち去っていった。

彼らの背を見送って、トリスは苦い顔でリィンを見やる。

「だからやめとけって言ったろ、おまえが出てきちゃ怯《おび》えさせるだけだって」

「こんなのいつものことじゃない。庶民にどう思われようとかまわないわ」

リィンはふんっと鼻を鳴らしてみせる。

人々からあからさまに避けられているというのに、それを気にするそぶりもない。

そんな彼女にトリスは大仰《おおぎょう》に肩をすくめてみせるのだった。

「まったく難儀なお姫様だよ。それで、だ。クロウ。どうもこいつがね、おまえさんに礼を言いたいんだとよ」

「俺……ですか」

「ええ、そうよ。あなた」

距離を取ったまま、リィンはじっとクロウを見つめる。

その澄み切った空のような瞳と目が合った瞬間、クロウは弾かれたようにその場に跪《ひざまず》いた。

深く首を垂れた彼に、リィンは静かに言葉を投げかける。

「騒動を治めてくれてありがとう。王族を代表してお礼を言うわ」

「はっ。もったいなきお言葉です」

「あなた、名前は……？」

「クロウ・ガーランド、と申します」

「……そう。クロウ、ね」

リィンはため息とともに彼の名前を口にした。

クロウは跪いたままだ。顔を上げることもない。

なにしろ……まともな愛想笑いを作れる自信などなかったからだ。

口はつり上がり、目は夜闇《よやみ》に乗じて獲物を狙う鷹《たか》のような光を帯びる。

鏡を見なくてもわかる。そこにあるのは、復讐《ふくしゅう》に燃える悪鬼羅刹《あっきらせつ》の形相《ぎょうそう》だ。

かつての歴史で――クロウは今回のように、このパーティの護衛に駆り出された。

そしてドラゴンに襲われて……彼女、リィンに助けられた。

それをきっかけにしてふたりは出会った。それが、破滅のはじまりだったのだ。

運命を狂わすあの出会いを、クロウは今ふたたびやり直そうとしている。

その目的はただひとつ。

破滅の未来を変えるために――。

（すべての元凶であるこいつを……リィンを、今のうちに始末する！）

だが、ことを急《せ》いてはいけない。

相手の懐にもぐりこみ、慎重に殺す機会をうかがうべきだ。

べつに今この瞬間に、腰に下げた剣で彼女の首をかっ切ってやってもいいのだが……。

「すごいよ、クロウくん！　姫様から直々《じきじき》にお褒めの言葉をいただくなんて……！　がんばったかいがあったね！」

「……そうだな」

無邪気によろこぶサクラに、クロウはこっそり苦笑を向ける。

クロウ自身は、リィンを殺したことで極刑に処されようと、お尋ね者に成り下がろうと、受け入れる覚悟がある。それで未来が救われるのなら安いものだ。

だが……王族の殺害など重罪中の重罪である。

へたをすれば自分の周囲の人間に多大なる迷惑をかけてしまうことだろう。

（だから、誰にもバレずにリィンを始末しなきゃならない）

つまるところは、暗殺だ。

クロウはちいさく息を吐く。

じんわりと手ににじんだ汗は乱雑にぬぐっておいた。

ここからの計画は簡単だ。この出会いをきっかけにリィンに近付き、殺す手立てを整える。かつての歴史でも同じような流れで距離を縮めたので、問題はないだろう。

(それに……聞きそびれた答えが、わかるかもしれないし)

彼女がなぜ、この世界とクロウを裏切ったのか。

あのとき答えが返ってくることのなかった疑問に、答えが見つかるかもしれない。

そう期待していたのだが……。

「それにしても……」

「はい……?」

リィンが刺々《とげとげ》しい吐息をこぼす。

おもわず頭を上げてみれば、鋭い視線とかちあった。

「あなた、見たところ見習いの魔道騎士だと思うけど……どうしてあんなに強いわけ?」

「へ?」

「ドラゴンを倒すなんて、うちのトリス並みじゃない。変わった魔術も使っていたようだし……見習いとは思えないわ」

「え、えっとそれはその、最近ちょっと特別な修行を積みまして……」

「はあ。修行、ねえ」

リィンはクロウをじろじろと見つめる。

まるで不良品の検分でもするようなその無遠慮な視線に、クロウは息を詰めるしかないのだが……やがて彼女はあごに手を当て、おもいっきり眉をひそめて告げる。

「なんだかすっごく……怪しいわね」

「っ……そ、そんなことないっすよ、あはは……」

唸《うな》るようなその声は、地の底から響くような低いもので。

おかげでクロウは引きつった愛想笑いに努めるしかない。

（なんでだ……⁉　前の歴史のときはもっとふつうに和やかな会話になったはずだろ！　これじゃ距離を詰めるどころじゃ……あっ）

そこでふと気付くのだ。

以前のクロウは、ドラゴンの脅威の前になすすべがなかった。

だから助けてくれたリィンに誠心誠意の感謝を述べて、そこから交流が始まったのだ。

だが、今回のクロウはドラゴンを難なく制圧してしまっている。

（俺があのときと違う行動を取ったから、リィンの反応も変わったってことなのか……？）

ふたりの間に流れるのは重くじっとりとした嫌な空気。

それを感じ取ったのか、サクラがおずおずと口を開くのだが――。

「あ、あの、リィン様。クロウくんは怪しい人では……あれ」

そこでふと怪訝《けげん》な声を上げる。

「リィン様、その手首……お怪我をされたんですか？」

「え？　ああ、これ？」

言われて見ればリィンの右手首がうっすらと赤く腫《は》れていた。

それにトリスが目を丸くする。

「ありゃ、ドラゴンブレスの熱気で火傷《やけど》したのかね。もっと早く言えよな、おまえ」

「これくらいどうってことないわ。あとで冷やせば平気だし」

「あっ、だったら私に任せてください！　白魔術は得意なんです。さっき助けていただいたお礼に――」

「待って」

立ち上がり、駆け寄りかけたサクラのことをリィンはぴしゃりと制止する。

「治療は結構よ。それより、危ないからそれ以上は近付かないで」

「へ……？　あ、危ないって、なにがですか？」

「なにって……この国の人なら、私の呪いを知らないはずがないと思うけど。そうね……」

リィンは肩をすくめて、そばに控えたメイドに手を伸ばす。

これまで一言も発さず立ち尽くしていた彼女の肩に、その指先が触れた瞬間。

ズシャッ！

「ひっ……！」

メイドはその場で四散して、体がいくつもあたりに散らばった。

それにサクラがびくっと凍り付くのだが、トリスは「心配ないさ」と苦笑をこぼす。

彼女がひょいっと持ち上げるのは足元にころがったメイドの首だ。

その断面はつるりとした木材で、一滴の血も滴《したた》ってはいなかった。

「こいつはあたし特製の魔道人形でね。リィンが触れたせいで機能停止しちまっただけさ」

「こんなふうに、私はどんな魔術も無効化してしまうの」

リィンはあたりに散らばる氷のかけらを見やって、ため息をこぼす。

「魔術の氷は近付くだけで溶けちゃうし、ドラゴンみたいな魔道生物の攻撃も効かないわ。それだけじゃなくて……私の周りではいろんな災いが起こるの。だから、それ以上近寄っちゃダメなのよ」

「わ、災いだなんて……そんな大げさな」

「おっと。サクラはこいつに会うのは初めてか。クロウは？」

「……姫様の呪いについてなら、よく存じ上げています」

余計なことをこぼさないように、クロウはただそれだけ言って口をつぐんだ。

リィンの特殊能力は国内外でも有名だ。

ただし尾ひれ背びれがついていることが多く、正確な事情を知る者は少ないことだろう。

トリスはふむふむとうなずく。

「それじゃ、サクラのために簡単に説明してやろう。今から三百年ほど前、魔界から侵攻して来た魔神っつーバケモンを、たったひとりでぶっ倒した英雄がいた」

それがこの国の初代国王。

剣と魔法を修めた伝説の英雄、イオン・トランヴァース。

彼は魔神を倒し、この世界を救った。

「だが……魔神はいまわの際に、イオンに厄介《やっかい》な呪いをかけやがったんだ」

魔神が最期《さいご》に残したのは次のような言葉だったという。

いわく――。

汝《なんじ》の血に呪いあれ。

汝の肉に穢《けが》れあれ。

その血肉を受け継ぐ娘がいつの日か、この世に災厄を振《ふ》り撒《ま》くだろう！

「そして、その呪いを受けて生まれてきたのがこいつ……第二王女リィン姫ってわけよ。噂くらいは耳にしたことあるだろ？」

「は、はい……一応は。でも、全部ただの噂だとばかり……」

「そいつがどっこい真実なのさ。こいつの受けている呪いは厄介なものでね」

トリスは人差し指をくるりと回す。

すると光の球が現れて、ふよふよと彼女の周囲を漂いはじめた。

「この世界にはマナと呼ばれる様々な種類の力があふれている。たとえば火のマナをかき集めてやれば……これ、このとおり」

ぱちんと指を鳴らせば、光は火球となって燃え上がり、空気を熱して消えてしまう。

初歩的な精霊魔術だ。

「こうしてマナを利用して、奇跡を編み出す技術のことを魔術と呼ぶ。まあ、例外がないわけでもないけど……」

そこでトリスはクロウをちらりと見やる。

しかしすぐに視線を外し、リィンをあごで示してみせた。

「魔神の呪いを受けたこいつは、ただそこにいるだけでマナをかき乱しちまうのさ。当然魔術は無効化されるし、おかしな騒動も起こるってわけ」

「そうよ。ドラゴンが暴れるなんて日常茶飯事なんだから」

リィンはうんざりとばかりに肩をすくめてみせる。

彼女の逸話には枚挙にいとまがない。

生まれたときは、国の大火山が噴火を起こした。

ほかにも落雷によって城が半壊したり、大地震が起きたり、貴重な魔道具が触れてもいないのに壊れたり……その周囲では、史上稀《まれ》にみるような異常事態が次々に発生するのだ。

だから彼女はこう呼ばれる。

世に災いをふりまく姫君。

災厄王女、と。

「で、あたしの仕事はこいつの護衛ってわけ」

トリスは銃を取り出してくるくると回してみせる。

「こいつのそばだと魔術が使えないから、銃だの科学だの医術だの、一から学んだんだぜ。薬だって魔術薬は飲ませてやれないし、いろいろ苦労してるんだよねえ」

「そ、そうだったんですか……すみません、リィン様。私ったらなにも知らなくて」

「いいのよ、気にしないで」

申し訳なさそうに縮こまるサクラに、リィンは事も無げに言う。

「たしかに厄介な呪いよ。怪我をしたって魔術で治してもらえないし、一緒にいると危ないからって……家族と暮らすこともできないし」

幼少の頃から、リィンは別邸でトリスとふたりきりで暮らしている。

名目上は療養。だが実際のところは、軟禁と言ってもいいような扱いだ。ほとんどの自由を制限されていて、滅多なことがなければ外出の許可すら下りない。

まさにお伽話《とぎばなし》に出てくるような、悲運の姫君。

それなのに、彼女は明るく笑うのだ。

「でも、私はこの呪いを誇りに思うの」

「えっ……呪いなのに、ですか？」

「そうよ。だってこの呪いは……私のご先祖様が世界を救った証《あかし》みたいなものだから」

きっぱり言い切るリィンに、サクラははっと言葉をのみこんだ。

「だから私はへこたれたりなんかしないいんだから。呪いくらいひとりで背負ってみせるわ」

「でもおまえ、さっきめちゃくちゃ落ち込んでたじゃねーか。『私のせいで女の子に怪我させそうになった～』って」

「うぐっ……そ、それとこれとは話が別よ！」

リィンはトリスをじろっとにらみつけ、もじもじと小さくなってサクラに頭を下げるのだ。

「あの、言うのが遅くなったけど……さっきはほんとにごめんなさい。私のせいで巻き込んでしまって……」

「そ、そんな……リィン様はなにも悪くないですよ！　私のことを助けてくれましたし、それにリィン様の方こそ怪我をしてるじゃないですか……！」

「私はいいの。これくらいの傷、慣れてるし」

赤くなった手首を撫でて、リィンは苦笑する。

「怪我をするのも、みんなに怖がられるのも慣れたけど……誰かを傷つけるのだけは、やっぱり嫌なの。あなたが無事で本当によかったわ」

「リィン様……」

「本当はほかのお客さんたちにも、ちゃんと頭を下げて回らなきゃいけないんだけどね……私が行くと絶対怯えさせちゃうし……あはは……はあ。うう、だから誕生日パーティなんて開かなくていいって言ったのよぉ……」

「仕方ないだろー、おまえ仮にも王族なんだから。媚《こ》びを売りたいやつってのは国内外にいくらでもいるんだよ。ま、そいつらも今回で懲りただろうけどなー」

トリスは軽く笑い飛ばしながら、落ち込むリィンを励ますように叩《たた》いてみせる。

その、かつてよく見た光景にクロウは小さくため息をこぼすのだ。

（……そういや、こんなやつだったよな。リィンって）

逆境に負けない強さと、人を思いやる心を持った優しい少女。

世間での評判とは真逆のようなギャップに、クロウは強く惹《ひ》かれたのだ。

だから出会ったこの場で、彼女の護衛になることを志願した。

助けてもらった恩を返すため。

彼女を襲う不幸からすこしでも守ってやるため。

そして……今思えば、あれは一目惚《ひとめぼ》れだったのだ。

（だけど、こいつがいつかこの国を滅ぼすことを……俺だけが知っているんだ）

クロウの心には、もはや迷いはなかった。

ただ己《おのれ》の使命だけを噛みしめる。

（とりあえず、このまま前みたいに護衛の座に収まってチャンスを待とう。えっと、たしかあのときは……）

クロウはリィンの言葉に胸を打たれて――。

「だったら私が……姫様の支えになります！」

そうそう、こんなふうに申し出て……。

………うん？

はっとして見れば、サクラがリィンのもとに駆けだすところだった。

白手袋を差した彼女の手をぎゅっとにぎって――。

「どうかおそばで守らせてください！　リィン様！」

「「……はい⁉」」

その場の全員が素《す》っ頓狂《とんきょう》な声を上げることになった。

目を丸くして固まっていたリィンが真っ先に我に返る。

「えっ……えええぇ⁉　今の話聞いてた⁉　私のそばにいちゃ危ないのよ⁉」

「そんなの百も承知です！　でも、危ないのはリィン様も一緒じゃないですか！」

サクラは一歩も譲らない。

そればかりかハンカチを取り出して、それをリィンの赤くなった手首に巻きつけてみせる。

「魔術で傷が治せなくても、手当てはできます。私、衛生士の資格も持っていますし……きっとお役に立てると思います！　どうか先ほどのご恩を返させてください！」

「いやいやいや……！　そんなの急に言われても困るっていうか、なんていうか……！」

「ふうん、悪くないかもね」

「ちょっ……トリスまでなにを言い出すわけ⁉」

「だってあたしも四六時中そばにいれるわけじゃないしー？」

リィンに迫るサクラを見つめて、トリスはあごを撫でてみせる。

「さっきみたいに、目を離した隙《すき》に騒動が起こることだってあるし。ナデギリ家の子なら身元はたしかだし、有事の際の避難誘導くらいはできるだろ。つーわけで、とりあえず一ヶ月くらいお試しでやってみるか？」

「はい！　ぜひともお願いいたします！」

「私の意思は⁉」

「え、え、え……え？」

急速に進んでいく彼女らの話に、すっかりクロウは置いてけぼりだった。

本来なら、サクラの位置に自分がいたはず。

（なんでこうなった⁉　落ち着け……いったい何を間違えたんだ⁉　前の歴史を思い出せ……！）

前回の歴史で、クロウはリィンに救われて、そばで支えることを決意した。

なら、今回の場合は……？

リィンに救われたサクラが、クロウのかわりにこう言い出すのは……。

（順当な流れじゃねーか！）

そこまで気付いた瞬間に、クロウは勢いよく右手を上げていた。

「はい！　お、俺も！　俺もリィン姫の護衛に立候補します！」

「え、おまえさんも？　なんで？」

「ぐっ、う……さ、サクラひとりだけじゃ心配だからですよ！」

「あー、まあ、わからんでもないな。じゃあさ……」

トリスはにかっと笑って。

「だったらおまえさんはあたしの助手とかどう？」

「えっ……？」

「影導魔術が使える新人なんて鍛えがいありそうだしさ。師匠の話も聞かせてほしいし。それで暇なときはリィンの護衛をしてくれりゃいいさ」

「いやいやいや⁉　護衛メインでお願いしますよ⁉」

「えー。だってこいつ、ほとんど郊外の屋敷でこもりっきりなんだぜ？　おまえさんみたいな実力者が四六時中守ってやる必要なんてないんだって」

「うぐっ、そ、それはそうかもしれませんが……！」

「そんじゃ話は決まったな。よろしくなー、サクラ」

「はい！　一緒にがんばろうね、クロウくん！」

そう言って拳《こぶし》を握るサクラの瞳には、熱いやる気が宿っていて——。

「ウソだろ……」

「ウソでしょ……」

呆然《ぼうぜん》とこぼしたセリフはなぜかリィンとかぶってしまって、互いに無言で顔を見合わせる羽目になった。

三章　暗殺にはうってつけの夜に

World End Chronicle
Before you betray the world

時刻は真夜中。

冴《さ》え冴《ざ》えと輝く満月が見下ろすのは、都からすこし離れた場所にある閑静な別荘地である。

海を見渡す高台に広がるその一角は、かつては国内外の富豪がバカンスに訪れ、ずいぶんな賑《にぎ》わいをみせていたという。

だが、十年ほど前にほとんどの建物が売却され、どれも買い手のつかないままゴーストタウンと化してしまっていた。

唯一明かりが灯《とも》っているのは、区画の奥にたたずむ一軒のみだ。

高い塀がぐるりと四方を取り囲み、その内側に広がるのはよく手入れされた庭である。

そしてその中央には純白の豪邸がそびえていた。三階建てのその建物はかなり立派なもので、ひと目見るだけで高い身分の者の居宅だとわかるだろう。

今、その上空に……ひとつの影が飛来した。

夜闇《よやみ》を切り裂くように飛ぶのは、コウモリのような羽を備えたクロウだ。

音もなく屋根へと着地して、小さくため息をこぼす。

その瞬間、羽は瞬時にしぼんで足元の影と化した。

これにて不法侵入の完了である。

「本当便利なもんだよなあ……影導魔術。やっぱ剣よりこっち教えてもらって正解だったな」

こぼした独り言を、冷たい夜風がさらっていく。

師匠たるトリスからは、剣の手ほどきを受けたこともあったのだが……。

彼女の基準は英雄イオンだ。

枝一本でドラゴンを倒すような剣技などとうてい身につくはずもなく、結局魔術一本に絞って教えを乞《こ》うことにした。今となっては懐かしい思い出である。

「ま……こんなことに使うことになるとは思わなかったけどな」

屋根の上から見回せば、正門や庭のあちこちに武器を構えたメイドたちが立っていた。

どれも同じ顔を有した彼女たちは、微動だにせず闇の中の監視を続ける。

魔道人形が守るここは……災厄王女、リィンの屋敷だ。

そのことをあらためて実感し、クロウはもう一度、重い息を吐く。

こんな夜中に彼女の屋敷を訪れる理由なんて、決まっている。

もちろん、暗殺だ。

サクラがリィンの護衛になると申し出て、今日で三日目。

結局あれから話は滞ることなく順調に進んでいた。

サクラは誰《だれ》がなんと説得しようと意志を曲げず、逆にやる気を燃やすばかりだった。

『もう、みんな姫様を誤解しすぎだよ。魔神の呪《のろ》いはたしかに怖いものかもしれないけど……姫様はそれにひとりで耐えてるんだから！　支えてあげたいって思うのは当然じゃない！』

『ああ、うん、そうだな……』

そう語る彼女に、クロウは生返事をするので精いっぱいだった。

まるで過去の自分を見ているようだった。昔の自分もそうやってリィンを庇《かば》い、サクラにおかしな顔をされたのをよく覚えている。今となっては完全に黒歴史だが。

ともかく、明日からはサクラがリィンの護衛となる。

このままでは彼女がクロウのかわりとなって、リィンの悪事に手を貸してしまうかもしれない。

「それだけは、なんとしても阻止しなきゃいけないな……」

グローブの上から、あの指輪を握りしめる。

あいかわらず反応はないものの……決意がより強固なものになる気がした。

そこで、ふとした疑問が脳裏《のうり》をよぎる。

(未来のあいつは……なんでこれを、俺《おれ》なんかに渡したんだろう？)

これまでなるべく考えないようにしていた疑問だ。

なぜなら、どれだけ考えても答えにたどり着ける気がしなかったからだ。

「償いだの、なんだの言っていたが……いや」

かぶりを振って思考の深みから浮上して、あらためて状況を整理する。

トリスは急な仕事が入ったため、朝まで戻らないことは調べがついている。

ここの使用人は魔道人形ばかりで、今夜あの屋敷にいる人間はリィンのみ。

暗殺には、うってつけの夜だった。

「今は……とにかく行動あるのみだ」

ちいさくうなずいて、クロウは足音を立てないように注意しながら屋根を歩く。

目的の場所は三階の角部屋だ。

テラスに降りて窓から覗《のぞ》けば、月明かりのもと、ぼんやりと部屋の様子が見て取れる。

大きなクローゼットに花瓶《かびん》や、化粧台、ぬいぐるみ等々。見るからに女性の部屋といったインテリアの奥には、天蓋《てんがい》付きのベッドがあった。

そこには人影がひとつ。ここからでは顔はよく見えないが……長い金の髪が、洞窟《どうくつ》で息をひそめる金貨のようにきらきらと輝いていた。

持ってきた針金でカギをいじること数秒。

あっさりと窓は開き、クロウは音もなく部屋の中へとすべりこむ。

件《くだん》のベッドを覗きこめば――。

「ううん……」

しみひとつないシーツの上で、リィンがもぞもぞと寝返りを打つ。

オフショルダーの薄い寝巻の下には、豊かに育った肢体《したい》がかすかに透けて、純金を溶かしたような長い髪が波紋のようにシーツの海に広がっている。

柔らかな月明りが彼女の肌を照らし出し、さらにその白さを際立《きわだ》たせていた。

美しくも安らかな少女の寝顔。

しかし、クロウはそれに見惚《みほ》れることはない。

用意しておいたナイフを懐《ふところ》から取り出して、小さく吐息をこぼす。

都の中古武器屋で投げ売りされていた、大量生産の安物だ。

たとえ傷口の形から凶器が特定されたとしても、それがクロウにつながることはない。そもそも第三者の視点から見て、自分にリィンを殺害する動機などありえないのだ。誰もクロウを疑うことはないだろう。

災厄王女が何者かに殺害されたとなれば、きっと大騒ぎになるはずだ。

サクラも悲しむかもしれない。だが……きっとすぐに元通りの平穏が戻ってくる。

この国が壊滅し、世界までもが滅ぶ運命は除去される。

(リィン……俺はたしかに、一度はおまえを愛したよ)

すこし目をつぶり、心を静める。

かつての歴史で、彼女と過ごした日々に思いを馳《は》せる。

人生で初めてできた恋人だった。毎日彼女と言葉を交わし、触れ合うだけで幸せだった。

あの三年間だけを切り取ればとても美しい思い出だ。それだけはクロウも認めていた。

だが、脳裏に浮かぶのは未来の記憶だ。

崩壊した王国。各地に広がる戦火。終わりを迎える世界。

それらが決意に薪《まき》をくべ、制御不能なまでに燃え上がらせる。

クロウは目をかっと見開いて——。

(俺は……おまえを殺して、世界を救う!)

にぎりしめた刃を、わずかな躊躇《ちゅうちょ》もなく、彼女の心臓めがけて振り下ろした。

飛び散る真紅がシーツを染め、生々しい鉄錆《てつさび》の臭いが夜気を染める。

少女の生命は失われ、これですべての未来が救われる。

そうなる、はずだった。


——否《いな》。その蛮刃《ばんじん》は、届くこと能《あた》わず。


刃先が彼女の皮膚を貫く寸前。

クロウの頭の中に、誰のものとも知れない女の声が響いた。

「は、ぐ……あああああああああああああああ!?」

獣のような咆哮《ほうこう》が夜闇を切り裂く。

最初、クロウはそれがリィンの断末魔《だんまつま》だと思った。

しかし刹那《せつな》ののちに、その悲鳴が自分ののどの奥から放たれていることに気付くのだ。

（なっ、なんだこれは……⁉　頭がっ……頭が、割れる……！）

立っていられないほどの壮絶な頭痛がクロウを襲う。

たとえるなら頭の中に何万本もの針を埋め込まれたかのような、まさに常軌を逸した痛みだった。あまりの苦痛に涙が止まらず呼吸もできない。

そのうち吐き気までこみあげてきて、クロウは床に倒れてのたうち回る。

「いっっ…………あれ？」

しかし突然、その痛みが嘘《うそ》のようになくなった。

頭を抱えてしばし警戒するが、頭痛が戻ってくることはない。

体調にも問題はなく、めまいや動悸《どうき》といったものも一切《いっさい》なかった。

「えええぇ……なんだ今、の……」

「…………」

体を起こして言葉を失う。

いつの間にか部屋の明かりがついていて、リィンが上半身を起こして固まっていた。

ぽかんと目を丸くする彼女と、クロウはしっかり目が合ってしまう。

たしかに、あれだけ騒げば危篤《きとく》の老人だって飛び起きることだろう。

「あなた……なんで、ここにいるわけ……？」

「えっ、あっ、その……！」

まずい。すばやく言い訳を考える。

トリスに呼ばれたから。時間を間違えたから。夜這《よば》いに来たから。

どれもこれも納得してもらえると思えないし、最後のは特に最悪だ。

（ええい……！　いっそもう、騒がれる前に殺《や》るしか……って、あれ⁉）

いつの間にか、用意したはずの凶器が手元から消えていた。

凍り付くクロウ。

それに、リィンはますます眉《まゆ》を寄せるのだが――。

「ちょっと、なにか言いな……っ！」

そこでリィンの形相《ぎょうそう》が引きつった。

彼女の視線は床へと注《そそ》がれていて……そこに転がっていたのは、ひと振りのナイフ。

彼女のまなじりが一気につり上がり、唇からは血の気が失せる。

その表情をクロウはよく知っていた。なにしろ未来の世界で鏡を見れば、いつでもそれはそこにあった。それはまぎれもなく、復讐《ふくしゅう》者の面相だ。

クロウの背中に得体のしれない悪寒《おかん》が奔《はし》る。そして――。

「あなたまさか……十年後の、クロウ・ガーランドね⁉」

「……は？」

その言葉の意味をたしかめるより先に。

視界いっぱいに、白い光が煌《きら》めいた。

ドガァッ！

「なにっ……⁉」

気付いたときには、クロウは瓦礫《がれき》とともに宙を舞っていた。

あわてて身をよじり、転がるようにして着地する。

そこは屋敷の裏手に広がる裏庭だった。

見上げた先に飛び込んでくるのは、半壊したリィンの部屋だ。壁は綺麗《きれい》に失せていて、中が丸見えになっていた。もうもうと上がる土煙が、威力のすさまじさを物語る。

（いやいやいや⁉　なんの威力だよ！　あいつは魔術なんて使えるはずないだろ⁉）

火薬の臭いは一切しない。

ならば目の前の現象を説明するのは魔術以外にありえないのだが……彼女は魔神の呪いのせいで、魔術の類《たぐい》を使えないはず。

それにまだ謎《なぞ》は残る。先ほど頭の中で響いた声と、謎の頭痛。

そして……彼女が発した気になる言葉。

（十年後って……たしかにあいつ、言ったよな）

生唾《なまつば》を飲みこむクロウの目の前に、リィンが軽《かろ》やかに降り立った。

寝巻に身を包んだ小柄な少女。

しかしその険しい相貌《そうぼう》からは、百獣の王といった風格ばかりが漂っていた。

彼女はクロウが落としたナイフをしかと握りしめ、皮肉げに口角を歪《ゆが》めてみせる。

「妙だと思ったのよね……この時代のあなたは、あんなに強くなかったはずだし。でもまさかそっちから尻尾《しっぽ》を出してくれるとは思わなかったわ」

「まさか、おまえも……十年後から戻って来たっていうのか⁉」

「はあ……？　なにわかり切ったこと言ってんのよ。当たり前じゃない」

リィンは目をすがめて鼻を鳴らす。

「ふんっ。前の歴史通り、護衛にしてから殺そうと思ってたけど……まさかそっちから出向いてくれるなんてね！」

その瞬間、湿った風が吹きつけてあたりの緑がざわついた。

リィンは人差し指をこちらに向けて、鮮烈に吠《ほ》える。

「あなたが十年後のクロウなら、今ここで相打ちになってでも殺してやるわ！　覚悟なさい！」

「……え？」

クロウはその殺気に、ぽかんとするばかりだった。

目の前にいるのが未来から戻ってきたリィンなら、間違いなく討《う》つべき敵だ。

だが……強烈な違和感がクロウの闘志を鈍らせるのだ。

（えっと……こいつ、いったい何を怒っているんだ？）

被害者はこちらの方だし、怒りを向けられる筋合いはないはずだ。

そもそもクロウに指輪を託して過去へと送ったのは、ほかならぬ彼女だったはず。

同じ十年後から戻ってきたのなら、クロウの秘密をそもそも知っているはずではないのか。

彼女の語る言葉はどれもしっくりこなかった。

しかしリィンはますますまなじりをつり上げていく。

そうして放つ宣言は……まさに天地がひっくり返るようなものだった。

「あなたを殺して……私は破滅の未来を救ってみせる！　この国のみんなの仇《かたき》を、必ず討ってやるんだから！」

「…………は？」

相手が殺気全開なのも忘れ、クロウはたっぷり十秒ほど固まった。

……今、いろいろと妙な単語が聞こえた気がする。

聞き間違いだろう。きっとそうに違いない。

おそるおそるリィンに尋ねてみるのだが――。

「仇って……誰が、なんの？」

「今さらとぼけるつもり⁉　クロウ・ガーランド！」

リィンは威勢よく、もう一度叫ぶのだ。

「聖遺物を奪って、この国を滅ぼした重罪人！　その挙句に世界まで滅ぼした……史上最悪の裏切者め！」

「はああああああああああああああああ⁉」

クロウののどの奥から、えげつない絶叫が迸《ほとばし》る。

おかげであたりの木の上で休んでいた鳥が一斉にバタバタと飛び立った。

国を滅ぼした重罪人？

史上最悪の裏切り者？

どれもなじみ深い単語である。

しかしそれは決して……クロウとイコールで結ばれるようなものではない！

「ちょっ、待て！　それはいったい何の話だ⁉」

「はあ⁉　みなまで言わないとわからないわけ⁉　だったらいいわよ！　教えてやろうじゃない！　あなたは未来の世界で私の護衛になって、こっ、恋人になって……！」

恋人、という単語に顔をかあっと赤く染めてみせる。

そんな姿は可愛《かわい》らしいふつうの女の子と言っていいのだが……。

「私を利用して聖遺物を盗みだして……最終的にこの国を滅ぼしたんでしょうが！」

「んなもん知らねえよ⁉」

もはや一戦交えるどころの話ではない。

暗殺しに忍び込んだことも忘れてクロウは声を張り上げる。

「おまえマジで何言ってんだ！　そもそも聖遺物を盗んだのは――」

「うるさいうるさいうるさーい！　人の恋心を弄《もてあそ》んでっ……さぞかしいい気分だったでしょうねえ！」

リィンの声は怒りで震えている。

こちらの言葉に耳を貸す気は毛頭《もうとう》ないらしい。

彼女を中心にして風が渦を巻く。

明らかな異変に、クロウが身構えるなか――。

「私をこんな時代に飛ばしたのも、なにか企《たくら》みがあってのことなんでしょう！　いいかげんに白状して……みじめに無残に死になさい！」

「うおっ⁉」

クロウが身をかがめたすぐ真上を、強烈な風が薙《な》ぎ払《はら》った。

次の瞬間、背後の大木が斜めにずれて切り倒され、ものものしい地響きが轟《とどろ》く。

おかげでクロウはひゅっと短く息をのむのだ。

リィンはただ、その場でナイフを揮《ふる》っただけ。まるで魔術の所業である。

「どういうことだよ……⁉　おまえ、魔術は使えないはずだろ⁉」

「ええそうよ！　この呪いのおかげでね！」

リィンが受けている魔神の呪いは、周囲のマナをかき乱す。

その結果として彼女はあらゆる魔術が効かないし、使えない……はずなのだ。

「でも、私はトリスのもとで、必死に修行を積んだのよ！　その、結果……！」

「っ……！」

数メートルの距離を一瞬で詰め、リィンがすぐ目の前に躍り出る。

達人級の瞬歩だ。予備動作は一切察知できなかった。

刹那《せつな》、彼女の振り上げる刃先に、かすかな光が宿って——。

「光刃《こうじん》流奥義薙《な》ぎの型一番——《天斬《あまきり》》！」

刃先が虚空《こくう》を薙ぎ払う。クロウの身体にはかすりもしない。

それなのに、立っていた空間を不可視の巨刃が断ち割った。

轟音《ごうおん》とともにあたりの植え込みがズタズタに切り裂かれ、色濃い砂塵《さじん》が舞い上がる。

「くっ……！」

そのすぐ後方、数メートルほどの場所にクロウは着地する。

手足に宿るのは白い光だ。白魔術の一種、《強化《エンリッチ》》。

身体能力を一時的に増幅することのできる呪文《じゅもん》である。

とっさに飛びのき回避したが、完全に避《よ》けきることはできなかった。

左腕が浅く切り裂かれ、生ぬるい鮮血がしたたり落ちる。クロウの背筋が凍り付くが、それは痛みのせいばかりではない。

「こ、光刃流って……まさか、英雄イオンの⁉」

「ええそうよ！　偉大なご先祖様が編み出した剣術よ！」

リインの先祖であり、魔神を倒した英雄イオン。

彼は枝きれ一本でドラゴンを仕留めるほどの腕利《うでき》きだったという。

脳裏に蘇《よみがえ》るのは、かつて師匠であるトリスと交わした言葉だ。

あるとき英雄イオンの話になり、彼女は苦笑を浮かべてみせた。

『世間一般じゃ、あいつは剣の達人として知られているけど……正しくは、剣技の達人だったんだよなあ』

それは、どちらも同じ意味なのでは。

クロウがそう問いかければ、トリスは肩をすくめて。

『全然違うよ。あいつが極《きわ》めたのは技そのもの。やつの剣技はすさまじくてね。世界の因果をねじ曲げて、常識では考えられないような結果を残すものだった』

いわく。

一太刀《ひとたち》が千にも、万にも、那由他《なゆた》の斬撃《ざんげき》にも匹敵《ひってき》し。

距離や防備、相手の力量、その他どのような条件にもかかわらず刃が届き。

形があるものならば、どんなものでも光よりも早く斬《き》ってみせたという。

ゆえに、光刃流。

森羅万象《しんらばんしょう》を断ち切る無敵の剣技なり。

『だからあいつはどんな得物《えもの》だろうと万夫不当《ばんぷふとう》の戦いができたんだ。なまくらだろうと枝切れだろうと……光刃流の前じゃ紙切れにも等しいのさ』

あのときは大げさに語っているのだとばかり思っていた。

だがしかし――。

「これが私の最終兵器！　わかったのなら……今すぐ死ね！　《天斬《あまきり》》！」

「うわっ⁉」

クロウが身をかがめたすぐ真上を、ナイフが裂く。

刃はやはり虚空を薙ぐだけで、ただ無軌道に振り回しているだけに見える。

だがあたりの木々が木っ端みじんにはじけ飛び、大地には数多の斬撃が刻まれていく。

地響きが起こるほどの轟音に肝《きも》が冷え、クロウは悟る。

トリスの言葉は誇張でもなんでもなく……まぎれもなく真実だったと。

「ええい、くそっ……！　精霊魔術・第五階梯《かいてい》……《永久なる眠りの凍奏曲《フリージングプレリュード》》！」

刃を翻《ひるがえ》すリィンに向けて、こっそり唱えておいた魔術をぶちかます。

先日、ドラゴンを凍らせた絶対零度の光線だ。

だが空から放たれたそれは、リィンを打ち据える寸前で光の粒子となって消えてしまう。

「忘れたわけ⁉　私に魔術が効くもんですかっ！」

「ただの確認だよ！　やっぱりこうなるよなあ！」

こちらからの攻撃は無効化されるくせに、向こうからは矢継ぎ早に超強力な斬撃が飛んでくる。ワンサイドゲームもいいところだった。

（つっても、対抗手段がないわけでもないんだが……！）

彼女を殺す切り札なら存在する。

だがしかし、クロウは躊躇《ちゅうちょ》を覚えるのだ。

こちらをにらみつけるリィンの目には、薄い涙の膜が張っていて――。

「もうあんな悲劇は起こさせない！　この国も、世界も、滅ぼさせやしない！　私が絶対にあなたを倒して……未来を、変えてやるんだから！」

夜空を切り裂くような切なる慟哭《どうこく》。

それは自分が吐露したかと錯覚するほどに、一字一句、クロウの思いそのままだった。

（ああもう……！　意味はわかんねーけど……ともかく今はやるしかない！）

クロウはぐっと拳《こぶし》をにぎりしめ、足に力をこめる。

ここで取るべき行動などひとつだけだった。力強く地面を蹴《け》る。

「なっ……逃げる気⁉　そうはいくもんですか！」

リィンの叫び声を背中にして、その場から脱兎《だっと》のごとく駆け出した。

なるべく開けた場所を目掛けて、一直線に。

走りながら、ちらりと背後を振り返れば——。

「光刃流奥義……断ちの型三番」

リィンは元いた場所に、凛然《りんぜん》と立っていた。

目を閉じ、肩の力を抜き、微動だにせずたたずむ様は、まるで枯れ木のよう。

だがしかし周囲の空気がひりつき始めていることをクロウはたしかに感じとった。

指先ひとつ、髪の一本にいたるまでが洗練され、ぞっとするほどの神気をまとっていく。

（来る……！）

直感したその瞬間、彼女はカッと目を見開く。

「《土龍伏々鬼《どりゅうふぶき》》！」

「っ……⁉」

地面にナイフを突き立てたその刹那。

稲妻のような閃光《せんこう》が大地を奔り、轟音とともに土砂を巻き上げ爆《は》ぜ飛んだ。

もうもうと立ち込める砂埃。それが晴れた後には……底が見えないほどの深い地割れが庭園のただ中に刻みつけられていた。

クロウの姿はどこにもなく、完全に崩壊した庭園には動く影などどこにもない。

リィンはその光景を前にして、ガッツポーズを取りかけるのだが……。

「やったわ！　これでようやく――」

「動くな」

「っ……！」

そんな彼女の首筋に、クロウは影の腕を突きつけた。

影導魔術第一階梯――《投影《シャドーアーツ》》。

未来の世界で彼女に届かなかったその技が、わずか数ミリの距離まで肉薄している。クロウがすこしその怪腕を動かせば、彼女の首からは噴水のような血が噴き出すことだろう。

背後に立つクロウに、リィンは目をみはる。

「な、なんで……あなた、地割れに落ちたはずじゃ……!?」

「あいにくこうしてぴんぴんしてるさ」

幽霊でも見るかのような彼女に、クロウは嘲笑《ちょうしょう》を浮かべてみせる。

「大地まで切り裂くとは恐れ入るよ。だが……おまえの攻撃には大きな弱点がふたつある。ひとつは技が大味すぎることだ」

つまり、ある程度の出方が予想できてしまうのだ。

「あとひとつは……おまえ、全然戦い慣れてないだろ。あんな派手な攻撃ばっかりじゃ、どう

しても視界が遮《さえぎ》られて敵の姿を見失う。ちょっとは考えろよな」

「ぐっ……！　そ、そんな大きな口を叩けるのも今のうちよ！　こんな魔術、私にかかれば……!?」

　そこでリィンの顔色がさっと青く変化した。

　影の腕はわずかにもぶれることなく、彼女の首を狙い続ける。

「なんで……!?　なんでこのキモいの、消えないのよ！」

「そんなの当然だろ。なんせこいつは……おまえが消せない魔術だからだ」

「なっ……！」

「おまえが一般的な魔術を無効化できるのは、マナのバランスを乱すから。だが、この魔術はマナを必要とせず、影さえあれば発動できる」

　だからクロウはこの魔術を学んだのだ。

　いつか彼女と対峙《たいじ》したとき、必ず仕留める切り札として。

「おとなしく降伏しろ。下手《へた》な動きを見せたら……容赦《ようしゃ》はしないぞ」

「うっ、うう……！」

　冷たく言い放てば、リィンの顔がますます蒼白《そうはく》なものとなる。

　ふたりの間に沈黙が落ちる。

　やがてリィンの頬《ほお》を汗が伝い……その雫《しずく》が、地面に落ちると同時。

「こんなはずじゃ……なかったのに！」

リィンはがくっと地面に膝《ひざ》をつき、はらはらと泣きはじめるのだ。

「せっかくこの時代に戻ってこれて……やっとやり直せるって、未来を変えられるって、そう思ったのに……こんな、こんなところで終わるなんて……あんまりだわ……！」

「……うーん。やっぱりそうなるのか」

クロウはその真に迫った泣き言に首をひねるしかない。

彼女の主張はやはり意味不明だ。

だがしかし、先ほどの怒りも、この涙も……なにひとつ嘘《うそ》偽りのない、本物に見えるのだ。

（いやいや、そんなわけないんだけど……だってこいつの言うことが本当なら、俺がこの国を滅ぼしたことになるじゃねーか。心当たりなんてあるわけないし）

考えても考えても、答えは出なかった。

しかしあれこれ悩んでいるうちに――。

「ううう……むざむざこいつの手にかかるくらいなら……いっそ！」

「あっ！　こら早まるな⁉」

ナイフを自身の首元に突き立てようとするリィン。

それをクロウは影の腕であわてて抑え込む。

「負けを認める潔さはけっこうだけど……まだ死なれちゃ困るんだよなあ」

「ぐっ……私を生かして、どうしようっていうのよ！　またこの国を滅ぼそうっていうわけ⁉」

「いや、あのな……落ち着いて聞いてほしいんだけど」

慎重に言葉を選び、クロウは続ける。

「俺が知ってる未来だと……トランヴァース王国を滅ぼしたのはおまえなんだけど」

「…………は？」

そこで、リィンの涙が一瞬で止まった。

「だから、聖遺物を盗んだのも、俺を過去に飛ばしたのもおまえ」

「……………あなた、どこかに頭でもぶつけたの？」

「それは俺のセリフなんだよなあ……これを見ても思い出さないのか？」

「あっ、その指輪……！」

グローブを外して指輪を見せれば、リィンははっと息をのんだ。

「俺は未来のおまえにこいつをもらって、この時代に戻ってきたんだぞ。覚えてないのか？」

「覚えてるもなにも……」

彼女もまたおずおずと、自らの右手をかざしてみせる。

その人差し指の付け根には絆創膏《ばんそうこう》が巻かれていた。それをはがせば……その下には金の指輪が燦然《さんぜん》と現れる。

どちらも寸分たがわず同じものだ。彫られた細工も一致する。

「私も未来のあなたから、この指輪を渡されて、この時代に来たんだけど……？」

「どうなってんだ……？」

「そんなの私に聞かれても……」

しばしふたりの間に沈黙が落ちた。

やがてクロウはため息をこぼし、リィンに手を差し伸べるのだ。

「とにかく俺に危害を加える意思はない。まずは一時休戦して、話し合おう」

本当なら、リィンは憎い仇だ。

だが、目の前にいる彼女は……それとはちょっと違う気がする。

その違和感を解明するまでは、まともに戦うこともできないだろう。

「危害は加えない、ですって……？」

しかしリィンは訝《いぶか》しげに目をすがめて、クロウをにらむのだ。

「だったらあなた、なんで私の部屋にいたわけ？　明らかにあれ、寝首を掻こうとしてたでしょ」

「ぐっ……！　そ、それは……そうだけど！　あのときと今じゃ状況が違うだろ⁉」

「はぐらかそうったってそうはいかないんだから！　だいたい、そんなめちゃくちゃな話を信じられるわけがないでしょ！　私がこの国を滅ぼした⁉　そんなのまるで身に覚えないわよ！」

「だーかーらー！　それは俺も同じなんだっての！」

結局説得は効かず、ふたりは夜空のもとでぎゃーぎゃーと叫び合う。

まるで埒《らち》が明かなかった。さて、どうするものかと困りあぐねたところで――。

「興味深い話だねえ。ちょっとあたしにも詳しく聞かせちゃくれないかい？」

「へ？」

「はい？」

場違いなほどに明るい声に、そろって振り返った瞬間。

霧のようなガスがふたりを取り巻いて、クロウの意識はそこで途切れた。

四章
並行未来

「だから！　さっきから何度もそう言ってるじゃない！」

「……う、ん？」

耳に突き刺さる悲痛な声で、クロウの意識はゆるゆると覚醒《かくせい》する。

重い頭を無理やりに持ち上げて、あたりをうかがってみれば――。

「ここは……」

民家が丸々一軒入りそうなほどの、広い応接間だ。

調度品はどれも庶民が見てもわかるほどの一級品で、天井《てんじょう》は真っ白な大理石。

クロウが座らされているこのソファセットだって、革張りの上等品だ。

だがしかし、その居心地の良さを堪能することは叶わない。

なぜか全身を荒縄でぐるぐる巻きに縛り上げられていたからだ。

おまけにすぐ目の前には、すさまじい威圧感を放つ人物が座っていた。

「おっ、今度はこっちが気付いたか」

ローテーブルを挟んだ向こう。革張りの安楽椅子《あんらくいす》に収まるのは、小柄な人物。

その顔を確認してクロウの喉《のど》がひゅっと鳴った。

「と、トリス様……」

「かはは、ぐっすり眠れたようだな。クロウ」

王室顧問魔術師、トリス。

ニヒルな笑みを浮かべる彼女の手には、無骨な銀の拳銃が握られていた。小さな手には余るはずのそれを器用にくるくると回す。

「いやあ、驚いたのなんのって。屋敷に戻ってきてみたら、うちのお姫様とおまえがドンパチやってんだもん。だから催眠ガスで眠らせて、縛ってここに連行してみたんだけど……」

チャキッと軽《かろ》やかに安全装置を外し、銃口を真っすぐクロウに向ける。

「異論があるなら聞くぜ。ただし、体のどっかに風穴が空いちゃうかもしれないけど？」

「あはは……異議なしでーす」

「私は文句大ありなんだけど⁉」

顔を引きつらせるクロウの隣から怒声が上がる。

そこにはまなじりを限界までつり上げたリィンが座っていた。クロウと同じで荒縄のぐるぐる巻きである。寝間着に縄が食い込んで、かなり煽情《せんじょう》的なありさまだ。

「なんで私まで縛られているわけ⁉　この男はともかくとして、どう考えてもおかしいじゃない！」

「えー。だってそうしないと絶対おまえらまた喧嘩《けんか》を始めるだろ？」

「だーかーらー！　さっきのはただの喧嘩じゃないって何度も言ってるでしょ！」

リィンはじろりとクロウをにらむ。

「私はこの国が滅ぶ、破滅の未来から戻ってきたの！　その原因を作ったのが、ほかでもないこの男！　その未来を変えるために、そいつを殺そうとしてたんだってば！」

「……うちのお姫様はこう言っているんだけどさ、クロウ」

トリスは目をすがめ、クロウを見やる。

「おまえさんも、なにか言いたいことがあるんじゃないのか？　さっきこいつと戦ってたときは、いろいろと気になることを叫んでいたようだしさ」

「……黙秘する、って言ったらどうなりますかね」

「別にかまわねえけど？　きっつい自白剤を盛るって選択もあるしな」

「しゃべります。だからその、いかにも怪しい試験管をしまってください。早く」

「ちぇー、自信作だったのになー」

ぽこぽこと泡の立つ蛍光グリーンの謎《なぞ》の液体を、トリスはしぶしぶ懐《ふところ》にしまう。

冗談めかしてはいるものの九割がた本気だろう。

クロウはため息をこぼしつつ、ぽつぽつと語った。

自分もまた十年後の未来からこの時代へと戻ってきたこと。

未来ではリィンに騙《だま》され、彼女が国を滅ぼす手助けをしてしまったこと。

その破滅の未来を食い止めるために……リィンを殺しに来たこと。

すべてを打ち明けた後、トリスはあごを撫《な》でながら唸《うな》る。

「まさか師匠が未来のあたしとは。それなら影導魔術を使えることに納得はいくんだけど……おまえさんたちの主張をまとめるとだ。ふたりとも十年後の未来からやってきて……未来が滅ぶその原因が、相手の方だって言いたいわけだな？」

「その通りなんですが……意味わかんないですよね」

クロウはため息をこぼすしかない。

自分は……たしかにリィンがこの国を、世界を滅ぼす様を見た。

それなのに当のリィンは、それはクロウの方だと言って譲らないのだ。

「たしかにわかりやすく矛盾してるよな。どっちかが嘘《うそ》をついている、ってことなら単純なんだけどさ」

「ちょっ、ちょっと待ってよトリス！　この男はともかくとして私を疑うわけ⁉　十年以上も一緒に暮らしてるくせに！」

「いや、信用したいのはやまやまだぜ？　でもさあ……」

身を乗り出して抗議するリィンに、トリスは肩をすくめてみせる。

「だったらおまえ、なんであたしにそんな大事な話を黙っていたんだ。長い付き合いなら真っ先に相談するはずだろ」

「うっ……だ、だって……」

リィンは勢いを失くして、しゅんとうなだれてしまう。

「未来から戻ってきただなんて、めちゃくちゃな話だって自分でも思うし……ちゃんと信じてもらえるか不安だったんだもの」

「……ったく。バカだなあ、おまえは」

「わわっ」

トリスはテーブルの向こうから身を乗り出して、リィンの頭をわしゃわしゃとかき混ぜる。

外見は年の近い姉妹《しまい》といったところだが、こうしてみると親子のような、祖母と孫のような……そんな不思議な空気だった。

上目遣いでうかがうリィンに、トリスは柔らかな苦笑を向ける。

「あたしは、おまえを赤ん坊のころから面倒見ている親代わりなんだぜ？　もっと信用してくれよな。ちゃーんと信じてやるともさ」

「トリス……」

リィンは瞳《ひとみ》をうるませてから、クロウのことをあごで示す。

「それじゃあ、さっそくこの男を始末しちゃいましょ。簀巻《すま》きにしてサメの多い海域に放り込むもよし、足からちょっとずつ切り落としていくもよし、車裂《くるまざ》きにするもよし！」

「うん。それとこれとは話が別だな」

「なんでよ⁉　信じてくれるって言ったのに！」

「つーか俺《おれ》を殺す方法が全部妙にグロいのはなんでなんだ……ギャングか海賊かなにかか、おまえは」

「お姫様よ！　そんなの積年の恨みが詰まってるからに決まってるでしょ！」

堂々と言ってのけるリィンだった。

恨みならクロウの方も相当あるのだが……泥沼になるのがわかりきっていたため、反論はぐっとのみ込んでおく。

そんなふうににらみ合うふたりをしり目に、トリスは飄々《ひょうひょう》と肩をすくめてみせる。

「真偽をたしかめずに動くのはあたしの主義に反するんでね。ここはひとつたしかめてみようじゃないか。どっちが嘘をついているのかを」

「たしかめるって……どうやって？」

「なあに、ごくごく平和的な手法さ」

そう言って指を鳴らせば、どこからともなく魔道人形のメイドが現れた。

メイドが運んでくるのは台車に乗った謎の機械だ。ひどくごちゃごちゃとした外観からは、何に使用するものなのか見当もつかない。

「なんですかこれ……拷問《ごうもん》器具かなんかです？」

「平和的って言っただろ。ちょっと前に、遊びで作ったものなんだけどさ。魔術を使ってない機械だから、リィンにも効くし……っと」

トリスがそれをかちゃかちゃといじれば、機械のランプに光が宿って――。

「それじゃ、見せてもらおうかな……真実ってやつをさ！」

「っ⁉」

まばゆい光が弾けたその瞬間。

クロウの頭の中に、見知らぬ映像が再生される。


それはクロウもよく知る十年後の光景だ。

赤く染まった空に浮かぶ、魔界の扉。

終わりかけた世界のただ中……小高い丘にて、血まみれの女が倒れていた。

簡素な鎧《よろい》をまとった彼女は、呆然《ぼうぜん》と目の前の人物を見上げるばかり。

その視線の先に立っていたのは――。

(俺……⁉)

十年後のクロウ、その人だった。

漆黒《しっこく》のローブをまとうその姿は、一級の魔術師と呼ぶべき風格をたたえている。

だがその目は暗くよどんでいて……彼はふっと自嘲《じちょう》気味に笑う。

『俺が世界を滅ぼす前に……どうか俺を殺してくれ』

そう言って彼は金の指輪を差し出した。


そこで、映像は途切れる。

「「っ……なにこれ⁉」」

「人の記憶を覗く装置さ。リィンの記憶をクロウに、クロウの記憶をリィンに見せた」

トリスはふたりを交互に指し示し、いたずらっぽく笑う。

しかしその口元はすこしばかり引きつっていて、彼女にしてはどこか苦々しいものだった。

「そんで、あたしは両方の記憶を覗《のぞ》かせてもらったんだが……くくく、お遊びで作ったにしてはうまくいったなあ。我ながら才能が恐ろしいぜ」

「い、いやいや！　待ってください！　おかしいですって！」

ひとり納得するトリスに、クロウはツッコミを入れる。

いくら頭をひねっても、絞り出しても、あんな光景に覚えはない。

「立ち位置がまるっきり逆なんですってば！　俺がこいつを止めようとして、ボコボコにされた側なんですよ！」

「そっ、そうよそうよ！　そもそも私が、あんな変なピエロみたいなやつとつるむわけないじゃない！」

「あ……言われてみれば、おまえの記憶の中にもいたな、あいつ」

十年後の未来で、クロウに不意打ちを浴びせかけた敵。

名前もわからない魔族の道化師。

そのやけに目立つ姿が、先ほど見せられた中にも確認できた。

おまけに、リィンに聞けばその年月日もぴたりと一致していたのだ。

「つまり俺たちの主張する未来は、筋書はそっくりそのまま同じだけど……復讐《ふくしゅう》者とその仇《かたき》。その配役だけが入れ替わってる、ってことか?」

「配役って、お芝居じゃあるまいし……あっ!」

そこでリィンはハッとしたように、クロウに食って掛かるのだ。

「あなた、魔術でなにか細工したんでしょ！　それで偽の記憶を見せたのよ！　違う⁉」

「冗談よせよな、リィン。そんな小細工、あたしが見破れないとでも思うのかい」

「うぐっ！　で、でもそうじゃなきゃ……こんなの説明がつかないでしょ⁉」

狼狽《ろうばい》するリィン。クロウも言葉にはしないものの、頭の中はごちゃごちゃだった。

(たしかに、リィンの記憶にいた男……あれは間違いなく俺だった)

得体のしれない悪寒《おかん》が背筋を走る。

ふたりは重く押し黙るが、トリスはあっさりと断言するのだ。

「大混乱のところ悪いんだけど、説明ならたぶんできるぞ」

「ヒントはおまえさんたちの指にあるもの。さっき出してただろ。ちょっと見せてみな」

「へ？」

指を鳴らせば、ふたりを縛っていた縄がはらりとほどける。

促されるままにおずおずと右手に収まる指輪を見せてみれば……トリスの表情がかすかに曇った。

「やっぱり本物の聖遺物、道標輪廻《どうひょうりんね》だ。百年ほど前に行方《ゆくえ》不明になった代物《しろもの》なんだけど……いったいどこにあったのやら。まあいい。おまえさんたち、聖遺物についてどれくらい知ってる？」

「……魔神が使っていた魔道具、ってことくらいしか」

三百年前。

魔界からやってきた魔神は、絶大な力を揮《ふる》ってこの世界を脅かした。

その力の源となったのが六つの魔道具、聖遺物と呼ばれる代物だ。

「そう。そして聖遺物は、それぞれ異なる能力を有している。そのうちでも、この指輪はいっとう特殊でね」

指輪をふたりに投げ返し、唇を歪《ゆが》めて彼女は嗤《わら》う。

「この指輪は、持ち主にやり直すチャンスを与えると言われている」

「やり直すチャンス……ですか？」

「そうとも。正しくは、世界を選び直す機会とでも言うのかな」

トリスはどこからともなく大きな羊皮紙《ようひし》とペンを取り出し、それをテーブルに広げる。

「世界ってのはな、実はひとつじゃないんだよ。人の選択の数だけ分岐を繰り返す。誰《だれ》かが誰かを助けたり、殺したり、はたまた出会ったり出会わなかったり。こんなふうにな」

最初に引いたのは、一本の直線。

しかしその先端はやがて二本に分かれ、そこからさらにどんどん枝が増えていく。

最後にできあがったのは大木のような図だ。

「こうやって世界は無数にできあがる。ほれ、同じ親から生まれた兄弟でも、まったく同じ性格に育つとは限らねーだろ。そんな感じ。こういう分岐を並行世界って言うんだが……たとえば、こっちの世界で指輪の持ち主がどうしようもないような苦難に陥《おちい》ったとする」

適当な枝の一本にバツをつけ、トリスは続ける。

「そんなときに、指輪は持ち主を過去へと送るのさ。その苦難の歴史に分岐する前の時代にな」

そう言って指し示すのは大樹の根元。

「おまえさんたちの言う十年後ってのも、それぞれ枝分かれした未来のどれかなんだろう。違う世界だが大本は同じ。だからこうやって、指輪を使って大本の時代で再会した」

「つまり私たちって……」

「異なる未来から戻ってきた、ってことなのか……？」

クロウはリィンが裏切り者になった未来から。

リィンはクロウが裏切り者になった未来から。

それぞれ戻ってきた……のだという。

ふたり同時に顔を見合わせて、ごくりと喉を鳴らす。

にわかには信じがたい話だ。だが、筋は通っているような気がする。

「そもそもその指輪は世界にひとつしか存在しないはずなんだ。それなのに、この場にあるのはふたつ。おまえさんたちが別々の世界からやってきたなによりの証拠だろ」

トリスは神妙な面持ちであごを撫でる。

「しっかし聖遺物が集まって世界が滅ぶとは、なんともスケールの大きな話だねえ。でも今見た限りじゃそれもマジっぽいし……うん？」

しかしふとなにかに気付いたように、小さな眉《まゆ》をひそめてみせた。

「つーか。そんな大変なときに、あたしはなにをやっているんだ？」

「へ？」

「おまえさんたちの記憶じゃ、あたしの姿はなかったろ？　どっちの世界でもリィンが噛んでるんだ。あたしが大人しく黙っているとは思え……うん？」

黙り込んだふたりに、トリスは小首をかしげる。

しかし、すぐにはっと気付いたようで半笑いをうかべるのだ。

「お、おいおい、なんだよその空気。それはさすがに冗談きついって」

「……残念ですが、その」

「十年後に、トリスはいないわよ」

口ごもるクロウのかわりに、リィンがきっぱりと答えた。

トリスはしばし押し黙ってから重い口を開く。

「ひょっとして、その……トランヴァース王国が滅亡したときかい？」

「いいえ、その三年後。深緑《しんりょく》の谷消失事件のときよ」

「はい⁉」

広々とした室内に悲鳴のような声が響き渡った。

「た、谷が消えただって……？　この世で最も堅牢《けんろう》な魔術要塞《ようさい》都市が⁉」

「……そうですよ。聖遺物が奪われたあげく、一晩のうちに跡形もなく更地になりました」

クロウはため息まじりにうなずいた。

深緑の谷。

エルフ族が治める、永世中立都市の名である。千年も前から姿を変えずに存在しており、魔神が現れた三百年前ですらほとんど被害を受けなかったということで知られている。

だがしかしそんな難攻不落の都市ですら、十年後の未来においては消失していた。

生き残りがほとんどいなかったため、いったいなにがあったかも不明のまま。

ただ、エルフのひとりとリィンが共謀し、聖遺物を奪ったのだという噂が、まことしやかに囁かれていた。

「トリス様は、トランヴァース王国滅亡事件のときはかろうじて難を逃れました。それで、この屋敷で国の後始末なんかをしながら……俺に影導魔術を叩《たた》きこんでくれたんです」

だがしかし、それから三年ほどたったある日。

谷にひとりで出かけて行って事件に巻き込まれ……それっきり屋敷に帰ってこなかった。

「……同じだわ」

そこでリィンが呆然《ぼうぜん》とつぶやく。

「状況も時期も……私の時とまったく一緒よ」

「……まさかとは思うけど、ほかの事件もそうなのか？」

トランヴァース王国滅亡事件。

深緑の谷消失事件。

東龍《とうりゅう》共和国内乱事件。

その他《ほか》、この国が滅んでから各地で起こったあらゆる重大事件。

互いの知るそれらの時期や内容は、細部に至るまで一致していた。

そして……そのほとんどに、聖遺物とお互いの名前が絡《から》んでいることも同じだった。

おかげでトリスはますます顔を歪《ゆが》めてみせるのだ。

「どれもこれもひどい事件のようだね。相当死んだだろう」

「そうですね……どこもかしこも世界の終わりって感じでしたよ」

今でもまぶたを閉ざせば、あの時代の光景がまざまざと蘇《よみがえ》る。

あちこちで国や街が滅ぼされ、戦火を免れた場所は難民であふれかえっていた。

大通りには物乞《ものご》いが列挙し、親を亡《な》くした子供たちが裏路地で暮らす光景など日常茶飯事。

犯罪も急激に増加し、日々飛び交う新聞に書かれていたのは悪いニュースばかり。

どこに行っても、色濃い閉塞《へいそく》感が根を張っていた。

「でも、おかしいんです。別の未来じゃ、俺がその事態を引き起こしたって言われても……そんなことをする理由なんて、まるで心当たりがありません」

クロウはこの国が好きだった。

そこそこの愛国心は持ち合わせていたし、少なくともこの国にはリィンがいたのだ。

あのころのクロウはたしかに彼女を愛していて、彼女と過ごす日々に満足していた。

そのすべてを、自らの手で壊すはずがない。

「っ……私だってそうよ！」

リィンもまた追い詰められたように声を荒らげる。

「私がこの国を滅ぼすわけないじゃない！　誰かを傷つけるくらいなら……私がかわりにいくらでも傷を負う！　それが、英雄イオンの血を引く私のやり方よ！」

「まあ、おまえはそういうやつだよなあ」

トリスはあごを撫で、ちいさくうなずく。

(滅ぼすわけがないって……本当にそうなのか?)

目の前にいるリィンは、クロウのいた世界とは別のリィンだという。

だがしかし、完全な別人というわけでもない。

そもそも彼女は王族でありながら魔神の呪《のろ》いに苦しめられて、不当な扱いを受けている。家族から見放され、一般市民からも恐れられる境遇ともなれば……ほんのすこしくらいは世界を恨むのではないだろうか。

それが時を経て大きくなったのだとしたら——動機は十分あることになる。

(やっぱり、こいつを殺さないと未来はっ……⁉)

そうあらためて決意しかけた、そのときだ。


——否《いな》。汝《なんじ》の殺意は届くに能《あた》わず。


「「いっ——だだだだだだだだ⁉」」

頭の中で声が響いたかと思えば、強烈な頭痛が襲う。

リィンに刃を向けたときに起きたのと、そっくり同じ現象だ。

あのときと違うのは……ふたつの悲鳴が重なったことだろう。

「……へ？」

「ううう……い、今のなに……？」

見れば隣ではリィンがクロウと同じように頭を抱え、涙目で呻《うめ》いていた。

「なんだか、急に頭が痛くなったんだけど……」

「えっ、おまえも……？」

「ふうん。ちょっと聞きたいんだけどさ」

トリスは目をすがめてふたりの顔を見比べる。

「おまえさんたちが道標輪廻に願ったのって、どういう願いだったんだ？」

「え、そりゃもちろん……」

世界に降りかかった災厄を、すべてなかったことに。

クロウとリィンの口にした願いは一字一句おなじものだった。

それを聞いてトリスはますます眉根《まゆね》にしわを寄せる。

「なるほどねえ……だがそうなると、ますます事態は厄介なことになるなあ」

「納得してないで教えなさいよ。さっきの頭痛となにか関係があるわけ？」

「もちろん。関係大ありさ」

トリスは肩をすくめて、ふたりの握る指輪を指し示す。

「その指輪は持ち主を過去に送るだけじゃない。主《あるじ》が望む未来へ導いてくれるのさ。だから道標輪廻。持ち主が間違った選択をしようとしたとき、警告を与えてくるんだよ」

「「……は？」」

ふたりそろってぽかんと口を開いて固まってしまう。

選択を誤る……？

そこで真っ先に気付いたのはクロウの方だった。

先ほどと、リィンの寝室に忍び込んだとき。

ひどい頭痛が襲ったときの共通点といえば――。

「俺がリィンを殺そうとしたこと……それが、間違いだっていうんですか？」

「なっ……！　あなた今そんなこと考えたの⁉」

「非難するのは勝手だが……おまえもさっき苦しんでただろ。俺と同じじゃないのかよ」

「ぐっ……た、たしかに、今なら油断してるし、さっくり殺せそうとは思ったけど……」

「つまりお互いの殺意を、指輪は邪魔したいわけだ」

トリスはしばし口元に手を当てて考え込んで。

「平和な未来に……互いの存在が必要不可欠、ってことか？」

「はあああ⁉　そっ、そんなわけないでしょ！　こいつは私の敵！　それ以下でも以上でもないわ！」

がたんっとソファを立って吠《ほ》えるリィンだった。

「ちょっと待ってなさい！　こんな指輪、今すぐ海にでも投げ捨てて っ……なんで外れないわけ⁉」

「あー、ダメダメ。一度主《あるじ》と認めたら、主の望みが叶《かな》うまで取れないぞー」

「とんだ疫病神じゃないですか……」

ためしにクロウも指輪を外そうとしてみるが、まるで皮膚の一部になったかのようにびくともしない。これは指を落とす以外に取る方法はなさそうだ。

（どうする……これじゃ計画が台無しだ）

しばしクロウは思考をめぐらせる。

未来を変えるにはリィンを殺すしかない。

そう考えていたのに、おもわぬ邪魔が入った形になる。

リィンも指輪をじっと見つめて黙り込んでいるし……そこでクロウは、ふとした疑問を覚えるのだ。ゆっくりと顔を上げ、目の前のトリスに尋ねる。

「この指輪を捨てられないってことは、俺たちの望みはまだ叶っていない。つまり、まだ……この世界が災厄に襲われる可能性があるってことですよね？」

「ま、順当に考えればそうなるだろうね」

「………だったら、考えられるパターンはふたつです」

クロウはため息をこぼし、リィンをちらりと見やってから。

「ひとつ。俺とこいつのどっちかが、聖遺物を盗み出してこの国を滅ぼすパターン」

「っっ！　バカ言わないで！　私がそんなことするわけないでしょ！」

「……俺だってしねーよ」

勢いよくまくしたててくるリィンを横目でねめつける。

「つーかその場合だったら、俺たちが死ねば解決する話だろ。それなのにその簡単な解決方法を指輪が止めるんだ。だからこっちの可能性はいったん保留にしていい」

「それじゃ聞かせてくれるかい、クロウ。残りの可能性っていうのは？」

「……正直、あまり考えたくはないんですけど」

クロウとリィンが国を滅ぼす原因にならないのなら。

考えられるのは——最悪の筋書きだ。

「俺たち以外の第三者が……あの災厄を起こすことです」

「なっ……!?」

リィンは顔をこわばらせるが、トリスの方はすでにその可能性に思い当たっていたようで肩をすくめるだけだった。

そんななかで、クロウは隣のリィンに問いかけるのだ。

「リィン。ひとつ聞きたい。おまえも俺と同じで未来を変えたいんだよな？」

「そ、そんなの当然でしょ！　あんな最悪な結末、もう二度とごめんだわ！」

「百点満点の返答だよ。だったら……話は早い」

そこでクロウは真っすぐリィンに右手を差し出して――。

「リィン。俺と手を組もう」

「は……い⁉」

「へえ？」

リィンが目を丸くして凍り付く。一方でトリスは片目をすがめて笑ってみせるのだ。

「どういう気の変わりようだい？　おまえさんはリィンを殺したいほど憎んでいるはずだろう」

「否定はしません。でも決着がつけられない今、無駄にいがみ合うのは得策とは思えません。それならいっそ手を組んで、第三の敵に対処した方が賢いじゃないですか」

「ふむ、理にかなった考え方だね」

「そ、そんなの認められるはずないじゃない！」

我に返ったようにリィンが叫んだ。

クロウの手を振り払い、鋭くとがった双眸《そうぼう》で射抜く。

「あなたは私の世界を滅ぼした『クロウ』とは別人かもしれない。でも……だからって手を組むなんて死んでもごめんだわ！　いつ裏切られたものだかわからないんだから！」

「ああ、そうだろうな。そして、それは俺も同じだ」

「……何が言いたいわけ？」

「俺はおまえを信じるつもりはさらさらない。指輪が止めようと、俺にとっておまえが殺すべき相手なことに変わりはない」

そして、それはリィンも同じことだろう。

互いを信用する必要なんて、まったくない。そもそも無理な話なのだ。

「休戦とは言っても、べつに馴《な》れ合《あ》うわけじゃない。互いを監視し、いざとなればあらゆる手を使ってでも抹殺《まっさつ》する。そういう意味での……張りぼての同盟関係だと思ってくれていい」

「ふうん……裏切り前提ってわけね」

「そういうことだ。お互いこれなら気が楽だろ？」

おどけてみせるクロウだが、純然たる本気だった。

今のリィンはたしかに世界を滅ぼす気などないかもしれない。

だが……いつかその気が変わらないとも限らないのだ。

その日が来たとき迅速《じんそく》に動けるように、クロウは彼女を見張る必要がある。

リィンも同じことを考えているのだろう。じっとクロウを見据えて……ため息をこぼす。

「いいわよ、だったらのんであげようじゃない」

彼女はやけくそとばかりに、ぎゅっとクロウの右手を握るのだ。

伝わるぬくもりは、肌が焼けると錯覚するほどに熱い。

未来で指輪を与えられた際、彼女と触れ合った記憶が蘇りかける。

しかしそれに蓋《ふた》をして……クロウはにやりと笑うのだ。

「おまえはいつか俺が殺す。それを忘れるな」

「そっくりそのまま返してやるわよ、裏切り者！」

五章　元・恋人たち

World End Chronicle
Before you betray the world

すったもんだあった次の日の朝。

災厄王女ことリィンの屋敷は、いつもと様子が違っていた。

平時は固く閉ざされているはずの門が開かれ、屋敷の呼び鈴が鳴らされたのだ。

その玄関前でびしっと敬礼を決めるのはサクラである。

はきはきとしたその明るい声は、朝の日差《ひざ》しのもとでとびきりはっきり響きわたった。

「本日よりこちらに出向になりました、見習い魔道騎士のサクラ・ナデギリと申します！　よろしくお願いいたします！」

「クロウ・ガーランドでーす……よろしくっすー」

その隣で、クロウも形ばかりのあいさつを述べてみせた。

サクラとは対照的にその顔色はひどく悪いし、その自覚はもちろんあった。

「ああ、こちらこそよろしくな」

そんなふたりを出迎えてくれたのはトリスである。

いつもの魔女っ娘《こ》科学者スタイルで、彼女は快活《かいかつ》に笑う。

「いやあ、この屋敷で朝から元気な声を聞くなんていつぶりだろ。あたしとリィン以外は魔道人形のメイドしかいないから、基本は静かなもんなんだよ」

「あっ、す、すみません！　うるさかったですか……？」

「そんなことないさ。こう、なんて言うのかな。新鮮であたしは好きだよ」

「っ、ありがとうございます！」

サクラは顔をぱあっとほころばせ、ぐっとこぶしを握ってみせる。

「誠心誠意、姫様のお役に立てるようがんばります！　どんな仕事でも任せてください！」

「うんうん。できる限りでいいからね、頼らせてもらうよ」

気合を入れるサクラに、トリスは目を細めて笑う。

一見すると和《なご》やかな光景に、クロウは詰めていた息を吐き出した。

（……歴史ってのはここまで変わるもんなんだなあ）

かつての未来では、ここに配属されたのはクロウのみ。

サクラはリィンと顔を会わせたことすらなく、災厄王女の悪評を怖がって、護衛に抜擢《ばってき》されてしまったクロウのことをずっと気にかけてくれていた。

それが今ではこうである。歴史がここまで変化するとは思ってもみなかった。

クロウがため息をこぼしているうちに、トリスとサクラの話は進む。

「それじゃあさっそく仕事を任せようと思うんだが……今日はサクラに頼める仕事がないんだよ

な。うちの姫様ったら今朝《けさ》からちょっと調子が悪くてね。自室で寝込んでやがるんだ」

「ええっ、それって大丈夫なんですか⁉」

「薬を飲ませたから平気だよ。こないだのパーティでの疲れが出たんだろうなあ」

「リィン様……」

瞳《ひとみ》をうるませて、屋敷を見上げるサクラ。

一方で、クロウは首をひねるのだ。

（あいつ、そんな繊細なやつだっけ……？）

すくなくとも、昨夜は殺しても死なないほど活力が有り余っていたと思う。

「ま、あたしもクロウもこれから出張だからさ。そういうわけだから、今日は——」

「わかりました！」

トリスの言葉を遮《さえぎ》って、サクラはびしっと敬礼する。

「姫様がお休みのところに騒がしくするのも悪いですし……本日は街の自主パトロールに行ってまいります！　またね、クロウくん！」

そう敬礼を残し、サクラは踵《きびす》を返して出ていった。

残されたトリスは苦笑をこぼす。

「今日は非番で、って言おうとしたのになあ……」

「あいつはそういうやつですよ」

超がつくほど真面目《まじめ》で、一直線。

しかしそれをリィンに発揮しないでほしいなあ……とクロウはため息をこぼすのだ。

「それにしても……サクラがリィンの護衛になるって話、今からでもなかったことになりませんかねえ」

「いやあ、無理だろ。あの調子だったら当人が譲らないって。あたしも注意してやるから心配しなさんなっての」

「無茶言わないでくださいよ。魔神の呪《のろ》いも危ないですけど……リィンがもし世界を滅ぼすってなったら、真っ先に利用されるポジションじゃないですか」

「ふーん。それは経験に基づくアドバイスかい？」

「ぐっ……そうですよ！　国を滅ぼすような壮絶なハニートラップに引っかかったバカ野郎からの忠告です！」

「素直でよろしい」

トリスはにたりと笑ってみせる。

「ま、本音を言うとね、リィンの話し相手になってくれたらいいなーってＯＫしただけなんだよ。危ない仕事を任せる気はないし、もともと全力でサポートするつもりだったからさ」

「うっ……たしかに俺《おれ》もろくな仕事なんて任されませんでしたけど」

護衛なんて名目だけで、振られる仕事は雑用ばかり。

あとの時間は、だいだいリィンの世話を焼いて過ごしていた。

その間に危ない目に遭ったことは……ほとんどなかったと思う。

「それにしても。おまえさんはサクラより自分の心配をした方がいいんじゃないのかい？」

「へ……？　いやまあ、たしかに妙な事態に巻き込まれちゃっていますけど……自分の身くらい自分で守れますよ」

「いやいや、そういう話じゃないよ。たしかおまえさんは未来の『あたし』と親しかったんだよな？」

「えっと……そうですね。影導魔術なんかを教えてもらって、師匠みたいなもんでしたね」

「だったら知ってるはずだ。あたしが、なんでリィンの世話をしているか」

「……英雄イオンにたのまれたんでしたっけ」

「そう。『三百年後に呪われて生まれてくるはずの、僕の子孫をよろしく』ってね」

トリスは口角を持ち上げて薄く笑う。

それはいつもの皮肉げな表情とはどこか異なり、かすかな冷気を感じさせるものだった。

「あたしはその約束を果たすために、谷に戻らずこの国にとどまった。そして十五年前にリィンが生まれて……以降ずっと面倒を見てきたんだ。いわば、あの子はダチの忘れ形見みたいなもんなのさ」

未来の世界でよく聞かされた言葉である。

聞きなれたはずのそれにかすかな凄味を覚え、クロウはごくりと生唾《なまつば》を飲み込んだ。

クロウの胸——心臓のあたりに人差し指を突きつけて、トリスは告げる。

「そんなダチの忘れ形見を、おまえさんは殺そうとしたんだ。あたしが敵に回る可能性を……想像したりしないのかい？」

「っ……」

まるで天気の話でもするような、あっさりとした声色《こわいろ》だった。

だからこそ本能で理解する。彼女は間違いなく本気だと。

「おまえさんの事情は理解している。影導魔術を使えるところをみるに、未来であたしの弟子だったたってのも本当なんだろう。だが、今のあたしからしてみれば単なる他人だ。その線引きはしっかり頼むぜ」

「……わかりました」

クロウはようやくその一言を絞り出した。未来の世界で彼女が協力者だったからといって、この時代でもそうだと限らない。距離感を見誤っていた己《おのれ》を恥じる。

だが、しかし——。

「でも……これだけは言わせてください」

「うん？」

「俺には未来を変えるっていう使命があります」

トリスの目を見据えて、クロウは噛《か》みしめるようにして言葉を紡ぐ。

「だからそれが終わるまで、意地でも死ぬわけにはいきません。たとえトリス様といえど……簡単に殺せるとは思わないでください」

「ふうん。それ相応の覚悟があるってわけか」

「そのとおりですよ。なんたって国を滅ぼした主犯はリィンでも、俺はその共犯ですからね」

たとえそれが意図しないものだったとしても。

間違いなく、クロウには償うべき罪がある。

「なるほどね。だがもしも……おまえさんが死ねば未来が変わるとわかったら。いったいどうするつもりだい？」

「そのときはお手を煩《わずら》わせるような真似《まね》はしませんよ」

「かはは！　言うねえ！」

「うおっ」

トリスはばしっとクロウの背中を叩《たた》いてみせる。

小さな体に似合わずその力はかなり強く、おもわずたたらを踏んでしまった。

「すこしは気に入ったよ、若人《わこうど》。おまえの処遇、ひとまず保留にしといてやるよ」

「はあ……ありがとうございます？」

「ところでひとつ聞きたいんだけどさあ……」

ふと、トリスが声をひそめてみせる。

「おまえさんの歴史でリィンがこの国を滅ぼした後……『あたし』は何か言ってたか?」

「はい? いえ、特には……」

かつての未来の記憶を呼び起こす。

国がめちゃくちゃになってからトリスと落ち合い、すべての顚末《てんまつ》を打ち明けたとき。

彼女は表情の抜け落ちた顔でただ『そうか』とだけ言った。

「なんだかあっさり受け入れたみたいでしたね。でもそれからめっきり口数が減ってたから……ショックだったとは思います」

「ふうん。リィンの未来でも同じ反応だったみたいだが……我ながらつまらない女だね」

トリスは皮肉げに唇を尖《とが》らせる。

その反応にクロウはかすかな違和感を覚えるのだが……。

「まあいいや。とりあえず仕事の話に入ろうか」

手早く話を切り替えて、トリスがぱちんと指を鳴らす。

ぽんっと軽快な音とともに虚空《こくう》から舞い落ちてくるのは一通の封筒だ。

それを人差し指と中指でつまみ取り、クロウへずいっと差し出してくる。

「さあ、昨日言った任務だ。この国の聖遺物の無事を確認して来い」

「……かしこまりました」

クロウはその封書をしっかりと受け取った。

脳裏《のうり》に蘇《よみがえ》るのは昨夜交わした会話だ。

一時休戦が決まってから、トリスはふたりを前にしてあらためて切り出した。

『そんじゃ、いっちょあたしも協力させてもらおうかな』

『……そう言っていただけると心強いです』

『さすがに世界の危機だって言われちゃ見て見ぬふりはできねえさ。でも……マジで聖遺物が盗まれるのか？　所在不明の道標輪廻はともかくとして五つとも全部？』

『そうよ。何度も言ってるじゃないの』

『ふーむ、だが聖遺物つったら、一級封印指定の魔道具だぜ？』

この世界をかつて脅威に陥《おとしい》れた、魔神が所持していた魔道具たち。

常軌を逸した力を有しているうえに、それらがすべて集まったとき、ふたたび魔界への扉が開くという厄介な伝説までついている。

『中でもこの国の保管体制は特に厳重だと思うがね。どこにあるか知ってるだろ？』

『そりゃまあ有名ですし。魔道騎士の西方支部ですよね』

魔道騎士の拠点は国内各地に存在し、日夜治安維持に努めている。

最も大きいのが都の本部。それに次ぐ規模を誇るのが西方支部だ。都から半日ほど歩いた田舎《いなか》にあるものの、広大な自然を生かした訓練施設や倉庫などが併設されている。

そして、そこの巨大な宝物庫に納められているのが――。

『……黒陽剣《こくようけん》、ね』

リィンが暗い声でぽつりとつぶやいた。

魔神の聖遺物のひとつ。黒陽剣。

漆黒《しっこく》の雷を広範囲に放つ驚異的な魔道具だ。

未来でのクロウは、それを所持する『リィン』に敗北した。そして、それは同じ歴史をたどったリィンも同じなのだろう。ふたりして似たような苦い顔をしてしまう。

一方でトリスは肩をすくめてみせるのだ。

『そう。その黒陽剣だ。あそこの封印は、あたしやほかの一級術師たちが協力して施した特別製でね。十年に一度の状態確認以外ではネズミ一匹入れないはずだ。まあ、さすがにリィンが近付いたら解けちまうとは思うけど……』

『え、でも私が行ったときは開けっ放しになってたけど？』

『俺のときも同じですかね……』

聖遺物を盗み出してしまった、あのとき。

見張りの姿はどこにもなく、宝物庫の鍵《かぎ》も開いていた。超厳重な封印がなされていると聞いていたのに、やけに拍子抜けしてしまったことをクロウはよく覚えている。

おかげでトリスは首をかしげて唸《うな》るのだ。

『そんなはずないんだけどなあ……うーん』

しばし悩んでから――「よし」と手を打つ。

『考えてても仕方ないな。明日は暇だし、ちょっくらあちこち回って聖遺物の管理体制をチェックしてくるよ』

『あ、それじゃあ……』

クロウはさっと手を挙げて口を挟む。

『黒陽剣の方ですけど、俺が確認してきちゃダメですか？』

『へえ？　おまえさんが？　なんでまた』

『自分の目で、見てたしかめたいっていうか。ほかにできることもないですしね』

当初の目的が失われた今、とにかくなにか行動したかった。

そこでリィンがふんっと鼻を鳴らす。

『あなたにしては考えたものね。だったら私も――』

『バカ言え。おまえは留守番に決まってんだろ』

『なんでよ⁉』

『まー当然だろうな。こないだのパーティを忘れたのか？　おまえが西方支部になんか顔を出しちゃ、大パニックが起こるに決まってる』

『うぐっ……だ、だからって、こいつひとりに行かせるなんて危険すぎるでしょ⁉　また盗むかもしれないじゃない！』

『盗むわけないだろ……おまえじゃないんだから』

『なんですってえええ⁉』

『まーまー、騒ぐなっての。いいぜ、クロウ。そこまで言うなら見て来いよ。そんで……盗めるもんなら盗んでみやがれ』

『だから盗みませんってば！』

回想終了。

「あのときは『マジでこいつやらかすかもなー。ま、そのときは始末すりゃいいだけだしー』って軽く考えてたんだけどさ」

「せめてもうちょっと殺意を包み隠してくださいよ」

目の前のトリスは、昨夜と同じ意地の悪い笑みを浮かべている。

だがその目に浮かんでいるのはほんのすこしの信頼で――。

「今回は、おまえさんの人柄を見極《みきわ》めるいい機会かもしれないな。ちゃんとその目で黒陽剣の無事を確認しておいで」

「……ありがとうございます」

クロウは深く頭を下げて、封書を懐《ふところ》にしまうのだった。

そんな彼の様子をトリスはにやにやと笑って見守るだけだった。

「そんじゃ、道中大変だと思うけど、くれぐれも気を付けてな」

「え、なに言ってるんですか。気を付けるほどの道のりじゃないですって」

西方支部は、ここから歩いて半日ほどの距離である。

今から出ればどんなアクシデントがあったとしても今日中に帰ってくることができるだろう。

寂《さび》れてはいるものの、街道もきちんと整備されているし。

そのはずなのに……トリスは口の端《は》を上げてかすかに笑うのだ。

「……その道中、厄介な荷物が増えたとしても？」

「はい？　それってどういう——」

「そんじゃ気張れよ、若人！」

「うおっ⁉」

ぱちんと指を鳴らしたその瞬間。

ふたりの間をつむじ風が駆け抜けて、気付けばもうトリスの姿は消えていた。

ひとり残されたクロウは呆然《ぼうぜん》とするほかなくて。

「厄介な荷物って……いったいなんだ？」

思い当たるものはなかったが、なぜか背筋がうっすらと寒くなった。

そして、その正体は十分もしないうちに判明する。

「死ねっっっっ！　《天斬《あまきり》》！」

「ぎゃあああっ⁉」

　あわてて飛びのくのとほぼ同時、踏み出しかけた地面が爆《は》ぜた。

　クロウが街道を歩きだしてすぐのことだ。

　辺鄙《へんぴ》な地方に向かう道のせいか前にも後ろにも人影はなく、たまに馬車とすれ違うだけだった。おかげで小鳥がさえずる林のなかをのんびりと歩いていたのだが……突然、殺気が奔《はし》ったのだ。

　しかも野盗や低級の魔道生物といったザコとは一線を画する、切れ味鋭いものだった。

　周囲の小鳥もぴたりと鳴き止み、全身が総毛《そうけ》立《だ》って……今である。

　地面に刻まれた深い轍《わだち》。まるで巨大な獣が爪《つめ》を突き立てたかのようなありさまだ。

　そしてもうもうと上がる砂埃《すなぼこり》の向こうに、襲撃者の影が見える。

　小ぶりなナイフを携えたその人影は――。

「ちっ……やっぱり勘がするど……うきゃあああ⁉」

　突然なぜだか苦しみだして、地面にしゃがみこんでしまう。

　砂埃が晴れたあとには……リィンが頭を抱えて涙目になっていた。

「ううう……魔神だけじゃなくて指輪にまで呪われるとか……災難にもほどがあるわよぉ……」

「なんでだよ⁉」

万感の思いが乗ったツッコミだった。

それに、リィンは「はあ?」と顔をしかめてみせる。

その身にまとうのはパーティ会場で見せたような華美なドレス……ではない。

白いワンピースにつば広帽子、白手袋という、良家のお嬢様スタイルだ。

一見すると楚々《そそ》とした出で立ちなのだが、ワンピースがタイトなデザインであるために胸元《むなもと》が強調されていて、短めのスカートから伸びるのは普段のドレス姿だとほとんどお目にかかれない生足だ。

眼福と言っても差し支えないビジュアルなのだが……それに見惚《みほ》れる余裕などクロウは持ち合わせていなかった。

「なんでおまえがここにいるんだよ⁉ 寝込んでるはずだろ⁉」

「そんなの仮病に決まってるじゃない」

リィンは堂々と言ってのけるし。

「私だって聖遺物が無事かどうかこの目でちゃんと確認したいもの。あなたっていう危険因子を野放しにできるはずもないしね。だから待ち伏せしてたってわけ」

「予想通りの返答をありがとよ! つーかそのナイフ、こないだ俺が持ち込んだやつじゃ……」

「私の屋敷で拾ったものをどうしようと勝手でしょ。ちょうど軽くて持ちやすいのよね」

「まあ安物だったからいいけど……それじゃ最後に、もう一つ聞きたいんだけど」

クロウは重いため息を吐き出して。

「さっきの一撃。おまえあれ、本気で俺を殺す気だったよな……？　指輪のこと、もう忘れたのかよ」

「失礼な人ね。もちろん覚えてるわよ」

リィンはふんっと鼻を鳴らす。

「いまのはただの条件反射よ。その腑《ふ》抜けた顔を前にすると……無性に血が見たくなるのよね」

「ただの狂戦士じゃねえか！」

お嬢様スタイルで言い切るのが最高にシュールだった。

もうツッコミを入れる気力も品切れだ。

ぐったりと肩を落とすクロウに、リィンはびしっと人差し指をつきつけてみせる。

「ふんだ、なんと言われようとも地の果てまでついて行ってやるんだから！　こっそり出てきたからトリスにもバレてないと思うし！」

「いや……たぶん気付いてるぞ、あの人」

厄介な荷物とは、十中八九リィンのことだろう。

今になって気付いても後の祭りだ。

(それにしても……ダチの忘れ形見を俺なんかに任せていいのかよ)

指輪があるから、真っ向きって殺せはしないが。

昨夜命を狙《ねら》ったばかりの男に接触させるなんて、どう考えても釈然としなかった。

考え込むクロウをしり目に、リィンはそっぽを向いて歩き出そうとするし。

「ぼやぼやしてないで早く行くわよ。じゃないと日が暮れ——」

「あっ、こら待て！」

「っ……！」

おもわずその手を摑《つか》んで、引き留《と》めてしまった。

リィンははっと息をのんで固まり、めいっぱいに見開いた両目をこちらに向ける。その瞳に浮かんでいるのは恐怖か嫌悪か、判別するより先にばしっと手が振り払われた。

「きゅ、急になにするのよ！　乱暴者！」

「いやだって、おまえさあ……」

クロウは半目で、彼女が向かおうとした先を指さす。

「そっち、反対方向だぞ」

「…………西ってこっちじゃないの？」

「地図が上下逆さまだし、縮尺もおかしいし……」

広げた世界地図と、にらめっこを始めるリィンだった。

頭の上には大きなハテナマークが躍っている。

「おまえ……本当に中身は二十五歳なのかよ」

「よ、余計なお世話よ！」

リィンはまなじりをつり上げてクロウをにらむ。

しかしそうかと思えばしゅんっと肩を落としてみせて――。

「だってしかたないじゃない……。トリスがいなくなっても、魔道人形をいっぱい残していてくれたから身の回りのことには困らなかったけど……修行ばっかりで、ひとりでの出歩き方なんて覚える暇なかったんだもん」

「箱入りお姫様はいつまでたっても箱入りかあ」

「うるさいっ！」

頭から湯気を出して怒鳴るリィンだった。

たぶん彼女を撒《ま》くことは容易だろう。

だが、歩く危険物である彼女から目を離すのは得策ではないし、もしも迷子にでもなってしまえば、あとでトリスにちくちくやられるのは目に見えていた。

そうした面倒ごとを考えると……選択肢などひとつしかない。

「しかたないな……今日のところは俺が案内してやるよ。ただし」

リィンの鼻先に人差し指を突きつけて、低い声で告げる。

「これ以降は無駄な喧嘩《けんか》を吹っ掛けるのはやめてくれ。それがのめないって言うんなら、山の中とかで置き去りにしてやるからな」

「……わかったわよ」

リィンはしぶしぶうなずいて、歩き出したクロウの後を小走りで追った。

そんなわけで、人通りの少ない街道をふたりは進むことになる。

「…………」

「…………」

十分後。

ふたりは同じ街道を、ただひたすらに歩き続けていた。

行けども行けども景色にはほとんど変化がなく、目的地が近付いている気配もない
そんな閉塞感《へいそくかん》もあいまって互いの形相《ぎょうそう》は険しく、まとう空気はぴりぴりと張りつめている。

マッチを一本こすっただけで、あたり一面が焦土に変わりそうなほどだった。

もちろん会話などあるはずもない。両側の林から聞こえる鳥のさえずりが、空々しく響く。

（く、空気悪っ……！　かといって無理に話すようなことなんて……あ）

そこでクロウはふと、気になっていたことを思い出すのだ。

「……あのさ。ひとつ聞きたいことがあるんだけど」

「な、なによ」

話しかけられるとは思っていなかったのか、リィンの肩がぴくりと跳ねた。

それを取り繕うようにしてふんっとそっぽを向く。

「くだらない質問だったら、その口を縦に切り裂いてやるんだから。それでもよければどーぞ」

「いや。おまえのいた世界じゃ、俺たちってどんな関係だったのかなって」

「っ……」

そこで、リィンの足がぴたりと止まった。

クロウもまた立ち止まり、彼女を振り返る。

「昨日も話したけど、俺の知る未来とおまえの知る未来はほとんど一緒だろ？　違いはどっちが裏切ったか、それだけだ。でも、ほかにも差異があるんじゃないかと思ってさ」

「……そんなことをたしかめて、いったいなんの意味があるのよ」

「意味はないかもしれない。でも、情報は多いに越したことないだろ？」

今はまだ右も左もわからない手探り状態。

どんな小さなことでも、ヒントになるものがほしかった。

「一応、俺の未来だと、その……」

そこでクロウは言葉を詰まらせてしまう。

いざその単語を口にしようとすると胸の奥底がひどくざわついた。

「俺とおまえは……いわゆる恋人って関係だったんだけど」

「…………そーよ」

リィンはため息まじりに首肯《しゅこう》する。

「私もあなたと……クロウ・ガーランドとは、こ……恋人だったわ」

「そこはやっぱり同じだな。出会いはやっぱりこのまえのパーティか?」

「そのとおりよ。それがきっかけで、あなたが私の護衛になるって言ったのが始まり。今回はどうしてだかあの子……サクラさんがそのポジションになっちゃったわけだけど」

「あ、ああ、うん。あれには俺も驚いたな」

しみじみうなずきつつ、あのとき顔を見合わせたことを思い出す。

あのときは思惑が外れて、互いに困惑していたというわけだ。

「それじゃ、初デートはどこだった?」

「ぐっ……そ、そんな恥ずかしいことまで聞くわけ?」

「そりゃ当然聞くだろ。確認作業なんだから」

そう。これはただの作業だ。

特別な感情など、発生するわけがない。

「かわりと言っちゃなんだけど、あとで俺にもなにか質問してくれていいぞ。ほら、どこだったよ」

「……わたしの部屋で、いっしょにお茶をしたのが最初かしら」

「うん、それも俺のときと同じだな」

とはいえデートはもっぱら屋敷の敷地内だけだった。

なかでもリィンの私室で過ごすことが多く、ふたりでいろんな話をした。

(そういや、あのとき初めて部屋に入れてくれたんだよな……)

ふんわり香る甘い匂《にお》いとか、女の子らしい小物なんかに、無性にドキドキしてしまったのをよく覚えている。

おまけにふたりしてずっと緊張しっぱなしで、会話も途切れがちだった。

でもけっして、気まずい時間でもなくて——。

(って、何を考えてるんだよ、俺は。相手は俺を裏切った女だぞ)

甘酸っぱい思いを振り払うようにして、あわてて口を開く。

「え、えっと、おまえも俺に聞きたいこととかないのかよ」

「それじゃあ……」

リィンはおずおずと口を開く。

「恋人になってから……あなたが私にくれたはじめてのプレゼントはなんだった?」

「ああ、街の露店で見かけたネックレスだったかな」

リィンの瞳と同じ色だったので、なんとなく買い求めたのだ。

模造石の安物ではあったものの、リィンは飛び上がるほどに喜んでくれた。しかし——。

「あれ、結局どうなったか覚えてるか?」

「……あなたからの贈り物なんて、今だったら即ゴミ箱行きだけど」

リィンは気まずそうに目をそらして、ぽつりと言う。

「あのときは大事に持ってたのに……出かけた先で失《な》くしちゃったのよね」

「そうそう。おまえ、あのときわんわん泣いたんだよな」

「う、うるさいわね……じゃあ私があげたプレゼントは⁉　覚えてるっていうの⁉」

「マフラーだろ？　こっそり毎晩編んでたやつ。あんまり見た目はよくなかったけどな……」

「ぐっ、覚えてるんだ……不格好で悪かったわね！」

「でも温かかったし。冬場は重宝したよ、あれ」

「そ、そうなの？」

「だから毎日つけて通ってたんだろ。それとも、そっちの俺は一度もつけなかったとかか？」

「そんなことはないけど……でも、そう。そうなんだ」

「な、なんだよ、その反応は」

「別に！　なんでもないわよ！」

リィンはぷいっとそっぽを向いてしまう。

しかしその頬《ほお》がほんのすこしだけ朱色に染まっていることに気付き……クロウもはたと口をつぐむはめになった。

今度は先ほどまでとは異なり、ふたりの間にピリピリした緊迫感はない。

かわりに流れるのは、どこかむず痒《がゆ》い沈黙だった。

クロウの記憶とリィンの受け答えに、矛盾する箇所はない。向こうもそれは同じらしい。

だがそれを確認するのも、さらなる質問をぶつけあうのも、非常に困難なことだった。

（め、めちゃくちゃ恥ずかしくないか、これ……）

鏡を見なくても、顔が真っ赤《まっか》に染まっているのがわかった。

リィンと恋人だった三年間を思い返すのは、ずいぶん久々のことだ。

なにしろいいように利用されて終わった恋である。当然ながら苦い記憶でしかない。

ずっと封印していたし、たまに思い出すことがあっても相手への殺意を燃え上がらせるための燃料でしかなかった。

（あれ？　そうなると……こいつも同じなのか？）

今のところクロウの世界とリィンの世界に、大きな齟齬《そご》はなさそうだ。

だったら彼女も――。

本気の恋をして、無残に散った。

……のか？

「おまえってさ……『クロウ』のことどう思ってたんだよ。本気で好きだったのか？」

「ふん。愚問ね」

リィンはふぁさっと髪をかき上げてみせる。

頰の紅潮はすこし引いて、つんと澄ました横顔が実に様になっていた。

「呪われていたって、これでも王族の姫なのよ。庶民なんかを好きになるわけないじゃない。あんなの、ただのお遊びだったわ」

「……手編みのマフラーまで渡したくせに？」

「た、ただの気まぐれよ！　そもそも始まりは……！」

リィンはまなじりをつり上げて、クロウに人差し指をびしっと向ける。

「あなたから私にこ、告白してきたんじゃない！」

「は……？」

「私はそれに合わせてあげただけで、好きでもなんでもなかったの！　わかった⁉」

「いや、たしかに最初は俺から言ったけどさ……」

ふたりが男女の付き合いに発展するきっかけというのは、本当にシンプルなものだった。

クロウの方からリィンに『好きだ』と言った。ただそれだけ。

こうしてまとめると、こちらが一方的に好意を寄せたように見えるのだが……。

「実はさ……俺、告白した数日前に聞いちゃったんだよ」

「はあ？　なにを聞いたっていうのよ」

「おまえが自分の部屋で、魔道人形相手に俺のことをしゃべってたのを」

「は…………っ〜〜〜〜〜〜⁉」

数秒しっかりフリーズしたかと思えば、あっという間にその顔が真っ赤に染まった。

なんだか湯沸かし器みたいだ。

おもわず笑みがこぼれて、クロウはニヤニヤと続ける。

「なんだっけなー。『男の子を好きになるなんて初めて……』とか『どうしたら素直になれるのかしら……』とか『クロウに誰《だれ》か好きな子がいたらどうしよう……！』とか。小っ恥ずかしいことを延々とぼやいてたっけ」

「なっ……いつ⁉　ど、どこで聞いてたのよ……！」

「裏庭だよ。あの日はちょうどトリス様から草むしりを言いつけられてな」

リィンが出かけることはほとんどないので、護衛などほとんど名ばかりの役職だった。そのため、こまごまとした屋敷の雑務を任されることが多かった。

あの日も汗まみれになりながら雑草と格闘していて……ちょうどそれがリィンの部屋の真下だったのだ。開け放たれた窓からこぼれるのは、赤面待ったなしの赤裸々な恋の悩みで。

だからクロウの方から告白した。

「それなのに本気じゃなかったなんだの……よく言うよなあ」

「うっ、うるさいうるさいうるさーーーい！」

癇癪《かんしゃく》を起したようにリィンが吠《ほ》える。

こうなってはもう先ほどまでのすまし顔など見る影もない。

目じりに涙を溜《た》めてぷるぷる震える様は子猫のようだが、眼光は猛禽《もうきん》類のそれである。

「ええそうですよ！　めちゃくちゃすっっっごーーーーく！　好きだったわよ！　悪い⁉」

「お、おう……そんな食い気味に断言されても困るんだけど」

「あなたが言わせたんでしょーが！　責任もってちゃんと聞けっ！」

　やけくそとばかりにリィンは叫ぶ。

「この呪いのせいでお父様やお姉様たちとは滅多《めった》に会えないし、みーんな私のことを怖がって近付こうともしないし、話し相手なんてトリスか魔道人形しかいなかったのに……！　それなのにある日突然、同じ年ごろの男の子が優しくしてくれるようになったのよ⁉　すぐ根を上げて逃げ出すと思っていたのに、毎日話し相手になってくれて、挙句の果てに私が困ったときはちゃーんと助けてくれるし！　これで好きにならないわけがないでしょーが！　あーーーーーーーー！　腹立つ！」

「あ、はい」

　魂のこもったシャウトに、それだけ返すのがやっとだった。

　リィンは肩で息をしてぐったりとうなだれるが、すぐにすっと真顔を向けてくる。

「あなたは？」

「……へ？」

「あなたは私のこと、どう思ってたわけ？」

「っ……！」

クロウはおもいっきり息を詰まらせてしまう。

先ほど自分が投げたのと、まったく同じ質問を返されただけだ。

たったそれだけのはずなのに、手足がしびれて舌がもつれた。じっとこちらを見つめるリィンの眼光は鋭く、逃げ道はどこにもないと悟る。クロウはごくりと喉《のど》を震わせて――。

「そ……」

「そ？」

「そこそこ……好き、だったよ」

「そこそこぉ……？」

目をそらしがちに告げた一言で、リィンの眉《まゆ》がぴくりと動く。

「へえー？　そこそこ好きな女のために、嵐《あらし》の日も大雪の日もお屋敷に通ったっていうの？　こまめに贈り物をして、甲斐甲斐しく世話を焼いたっていうの？　ふーん。ずいぶん重い『そこそこ』なのねえ」

「うっ、うるせえ！　おまえだって手編みのマフラーだけじゃなくて、ハート形のクッキーなんて作って渡してきただろうが！　そっちのがよっぽど重いわ！」

「はあー!?　その粉っぽくて真っ黒焦げで、さらに塩と砂糖を間違えちゃったクッキーを美味《おい》しい美味しいって言って完食したのはあなたですけど!?」

「ああそうだよ！　俺だよ！　そのまま腹を壊して寝込んだわ！　でもそのバカを一晩中ずっ

と隣で看病したのはどこのどいつだよ！」

「私ですけど⁉ なんか文句でもあるわけ⁉」

「だったらいい加減に認めろよ！ おまえの方がよっぽど俺のことを好きだったって！」

「違うわよ！ あなたの方がずーっと私のことを好きだったはずよ！ 絶対に！」

そのままふたりは至近距離でにらみ合う。

鼻先がくっつきそうなほどだが互いに羞恥心《しゅうちしん》など抱《いだ》く余裕はない。

いつしか天気はひどく怪しくなっていた。空は今にも泣きだしそうな曇天《どんてん》で、湿った風がふたりの間を駆け抜ける。そして、それが合図となった。

「ここまで言ってもまだ認めないって言うのなら仕方ねえな……！」

「ええまったくそのとおり！ 頑固者相手にはこれしかないわよね！」

ふたり同時にばっと飛びのいて距離を取り、腰を低く落として臨戦態勢。

バチバチと見えない火花を散らし、喉を潰《つぶ》さんとばかりに叫ぶことには——。

「「殺してでも……めちゃくちゃ好きだったって認めさせてやる！」」

こうして、ひどく虚《むな》しい激戦が幕を開けたのだった。

「や、やっとここまで来たか……」

「うっ、ううう……つかれた」

すっかり日も暮れたころ。

クロウとリィンは、街道沿いの町の入り口に立っていた。

ふたりとも泥まみれのかすり傷だらけで見るも無残なありさまだ。とはいえお互い出血するほどの怪我《けが》ではないし、骨も折れていない。ダメージとしては軽微なものだ。

だが、それ以上の倦怠感《けんたいかん》がふたりにずっしりとのしかかっていた。

クロウは盛大な舌打ちを飛ばしてリィンをにらむ。

「ちっ……おまえのせいで行程の半分も行かなかったじゃねーか。どうしてくれるんだよ」

「はあ？　あなたがいつまでたっても素直にならないからでしょ」

「あ？　なんだその言いぐさ。やんのか？」

「そっちこそまだやる気？」

ふたりはまたも火花を散らし合い……しかし、今度はどちらともなくスッと視線を外す。

「……やっぱやめるか」

「……不本意だけど賛成よ」

同時にため息をこぼすふたりだった。

あの戦いは夕刻まで続いた。とはいえ――。

『もらったっ、あだだだだだだああ!?』

『覚悟っ、いにゃあああああああああ!?』

相手にとどめを刺そうとするたび、お約束とばかりに指輪が熱を持ち、ぎりぎりと頭が痛んだのだ。

おかげでまともな戦いになるはずもなく、戦っていた時間より、痛みにもだえ苦しんでいた時間の方がはるかに長い。

得たものなど何もなく、むしろいろんなものを失った気がする。

「まったく……こうなるってわかってたでしょ。それなのに真正面からケンカを吹っ掛けるなんて、ほんっとバカな男よね」

「最初からケンカ腰だったのはむしろのおまえの方じゃ……いや、いいよ、もうそれで」

これ以上言い争っても疲れるだけだ。

こちらをにらむリィンに、クロウは肩を落とすだけだった。

(ほんっと可愛《かわい》げの欠片《かけら》もねえな……なんで俺、こんな女を好きになったんだろ)

これに比べたらサクラなんて可愛さの塊だ。

おかげであの天真爛漫《てんしんらんまん》、裏表のないほわほわしたキャラクターが無性に恋しくなってくる。

(できたら今すぐ帰りたいところなんだけどなあ……)

頭をぼりぼりかきつつも、クロウは地図を広げてみる。

この先で街道は山へと入り、それを越えた先に西方支部がある。

だが山の標高はけっこうなもので、日中ならまだしも夜の行程は億劫《おっくう》なものになるだろう。

「しかたない。今日はもうここで宿を取るしかないな」

「えっ……？」

「なにを驚いてるんだよ。当然の流れだろ」

夜は野生動物や魔道生物、さらには野盗が活発になる。なにが襲ってきたところで撃退できる自信はあるが、ここまで疲弊した状態ともなると下手《へた》な交戦は遠慮したい。

そうつらつらと説明するが、リィンの反応は芳しくなかった。

先ほどまでの得意げな笑みは消え失せて——。

「……そう」

硬い面持ちで、ただじっと目の前の町を見つめるだけ。

不思議な反応にクロウはすこし首をかしげるが、気にせず歩き出す。

両足はすっかり棒のようだ。早くシャワーを浴びてひと眠りしたかった。

「いいから行こうぜ。ひょっとして金を忘れたか？　抜けてるなあ。だったら一晩分くらい貸してやっても……って、あれ？」

振り返れば、リィンはその場に立ち尽くしたままだった。

彼女が立っているのは町と街道のちょうど境のあたりだ。

人工の光がかすかに届くものの、今にも闇《やみ》に溶けてしまいそうなほどに薄暗い。

「おい、なに突っ立っているんだよ。早く——」

「私はそっちに行けないわ」

「へ」

「忘れたの？　私は災厄王女よ」

リィンは口の端《は》をほんのわずかに持ち上げて笑う。

夜闇の中であってなお、その自嘲《じちょう》気味の表情はよく見えた。

「あんなふうに大勢の人が暮らす場所には行けないわ。呪いのせいで迷惑をかけるかもしれないし……万が一私の顔を知っている人がいたらパニックになるもの」

「それはそうかもしれないけど……じゃあ、おまえはどうするんだよ。引き返すのか？」

「勝手に野宿でもするわよ。あなたには関係ないでしょ」

そう言い切って、リィンはくるりと背を向ける。

細く華奢《きゃしゃ》な少女の身体だ。

しかし、しゃんと伸ばした背筋からは強い決意がうかがえた。

「それじゃ、明日の朝にここで集合よ。逃げたら承知しないんだから」

ひらりと手を振るリィンのことを、クロウはただ見送ることしかできなかった。

なにしろ彼女の言うことは一部の隙《すき》もなく正しいからだ。おまけに休戦を結んでいるといっても、クロウにとって彼女は敵だ。引き止める理由などあるはずがなかった。

やがてその姿が闇の中に消えたころ――。

「ったく……勝手にしろよ」

彼はやっぱり頭を掻《か》きながら、ひとりで町へと向かったのだった。

小さな町ではあったが、旅人向けの宿屋も、食堂や商店などもいくつかあった。

宿を覗けば空室ばかりで、クロウはひとりで部屋を取って、悠々《ゆうゆう》と惰眠《だみん》を貪《むさぼ》ることができる……はずだった。

それなのに――。

「……俺はいったいなにをやってるんだ？」

一時間後。

クロウはずっしりと重い麻袋をかついで、山中をさまよっていた。

そろそろ日付の変わる時間帯ということもあって、墨を垂らしたような闇がどこまでも続く。

おまけに風もない静かな夜であるため、クロウの足音だけがやたらと大きく響いてしまった。

夜気はそれほど冷えてはいないが、そのぶん湿気が高くて肌がべたつく。

蚊《か》もヒルも多く、どう考えても安宿の薄いベッドの方が快適だったことだろう。

それなのに、クロウは影の腕であたりの枝葉をばっさばっさと薙《な》ぎ払《はら》いながら獣道を進む。

「えーっと、気配はこっちなんだけど……おっ？」

ちゃぷ。

集中させた耳に、かすかな水音が届いた。

迷わずその方向へと足を向ける。

すると案の定、木立の間から小さな明かりが確認できた。

足音を立てないように慎重に進めば、水音はさらにはっきりしてくる。もっと近付こうとしたのだが――。

「へくちっ……」

小さなくしゃみが聞こえてきて、ぴたりと足を止めた。

よくよく目を凝らしてみれば、どうやらそこは河原であるらしい。

浅い川がゆるやかに流れており、まわりには苔《こけ》むした岩がごろごろと転がっている。

そしてその川の中ほどで……リィンが一糸まとわぬ姿で水浴びをしていた。

すぐそばの焚火《たきび》が照らし出すのは、瑞々《みずみず》しくも火照った素肌。

細い首筋を玉のような雫《しずく》が滑り、深い胸の谷間に吸い込まれていく。

着ていた服はきちんと畳まれて岩の上だ。その一番上には淡いピンクの下着がひとそろいちょこんと乗っている。細かなレースのついたブラジャーはやっぱりかなり大きめだった。

（あ、ヤバい。バレたら死ぬわ、これ）

正確には、指輪のおかげで半殺しで済むのだろうが。

それでもこれまでで一番死を直感し、クロウはそろりと後ずさろうとする。

しかし――。

「はあ……」

小さな溜息《ためいき》とともに、リィンがこちらに背を向ける。

おかげでクロウはぴたりと足を止めてしまった。

彼女の白い背中が、月明かりのもとに浮かびあがる。

その肩甲骨のすぐ下あたりに刻まれていたのは、奇妙な痣《あざ》だ。羽を広げた蝶《ちょう》のような意匠のそれは、彼女が生まれたときからあったという。

(あれが……魔神の呪いの証《あかし》ってやつか)

まじまじと見つめてしまうクロウに、リィンが気付く様子はない。

彼女は肌を撫《な》でさすりながら、空に浮かぶ月を見上げる。

今日一日ずっとつり上《あ》がっていた目はとろりと落ちて、すっかり気の抜けた表情だ。

しかしどこか雨に打たれた子犬のような、しょぼくれたオーラをまとわせていた。

「なんとか火は起こせたし、水浴びもできたけど……これからどこで寝ようかしら……お腹《なか》すいたし、暗いし、虫も多いし……はあ」

ぶちぶちとつぶやいて、またため息。

しかし急にハッとして、勢いよくかぶりを振るのだ。

「いいえ! しっかりしなさいリィン! こんなことでへこたれていちゃいけないわ! 私には未来を変えるっていう使命があるんですもの! そもそもこんな思いをしているのも……全

部あの男のせいじゃない……！」

いや、言いがかりにもほどがあるぞ。

内心でそんなツッコミを入れているうちに、その声には怒気が混ざっていくし。

「いまごろあいつは宿屋のベッドの上だと思うと、なおムカムカするし……！　なにが『そこそこ』好き、よ……ほんっとふざけるんじゃないってーの……！」

そこまでぶちぶちとこぼしたところで。

リィンは突然ざばっと立ち上がって――。

「見てなさいよ！　いつか絶対にぶっ殺して……へ？」

「あっ」

身を低くかがめたクロウと、しっかり目が合ってしまった。

ふたりの間に遮るものはなにもない。

リィンの形のいい胸からその頂き、ちいさいおへそも、下腹部に至るまでが丸見えで――。

「っっ、きゃああああああああああああああああああ!?」

「ごはっ!?」

絹を裂くような悲鳴とともに。

山林一帯を揺るがすほどの轟音《ごうおん》が響き渡った。

とっさに身を伏せたクロウがゆっくり顔を起こしてみれば……あたりの木々が見渡す限りに

きれいさっぱり切り倒されていた。旅人が通りがかったら、巨人でも暴《あば》れたのかと目を丸くすることだろう。

リィンがいたはずの水面にはぶくぶくと泡が立っている。

おかげで、クロウは素直に頭を下げるしかなかった。

「いや……うん。さすがにこれは俺が悪いと思うわ。すまん」

「ぶはっ！　なっ、なっ、なんで⁉」

ざばっと川面《かわも》から顔を出して、リィンがびしっとナイフを向ける。

片手で胸を隠しつつ、顔は真っ赤に染まっている。風邪を引いたわけではないことくらい、クロウにもわかった。

「あなた、さっき私と別れて町に行ったはずでしょ⁉　なんでここに……はっ、まさか覗《のぞ》き⁉　覗きをするために戻ってきたっていうわけ⁉　これ以上ぶっ殺さなきゃいけない動機を増やさないでくれる⁉」

「勝手に結論を出すなってーの。町にはたしかに行ったけどさあ」

クロウは持ってきた荷物を下ろす。

その中身はふたり分の……。

「食糧とか毛布とか、タオルとか。必要そうなものを買いそろえただけだ」

「へ……？」

「ああ、それと。この先に小さな小屋があるんだよ」

ぽかんとするリィンに、来た方角をあごで示す。

「持ち主さんに直談判《じかだんぱん》したら、一晩だけなら貸してくれるってさ。さっき見てきたけどわりときれいだし、小さいけど井戸もある。あたりに住んでる人もいないし、おまえも呪いを気にせず休めるだろ」

「……なんで？」

「うん。当然の反応だよな。俺もそう思うから」

言うなれば、これは過剰なまでのお節介だ。

おまけに相手は、本気で殺そうとさえ思った女。

だが、不思議とここに来るまでに迷いはなかった。

「おまえはたしかに俺の敵だよ。でも女を山中に放置して安眠できるほど、俺は図太くないんでね」

「あなた……ひょっとしてバカなの？」

「うるせえ。んなこた百も承知だ」

怪訝《けげん》な顔をするリィンに背を向けて、その場にどかっと腰を下ろす。

「あと三分だけこうして待っててやるよ。だからとっとと上がって服を着てくれ」

手を振って促してみるが、ただ呆《あき》れたようなため息だけが返ってくる。

そのまま憎まれ口でも飛んでくるのかと思いきや。

水音にかき消されてしまいそうなほどの、小さな笑い声が耳朶《じだ》をくすぐった。

「……ほんと優しい人よね。昔とちっとも変わってないわ」

「っ……！」

予期せぬ柔らかな声色に、クロウはびしりと固まった。

しかしその動揺を悟られたくなくて、もつれる舌を無理やりに動かす。

「あ、あはは……なんだよそれ。女が男を無難に褒《ほ》めるときの常套句《じょうとうく》じゃねえか」

「あら、リップサービスくらい素直に受け止める度量もないの？　小さい男ね」

言葉は刺々しいが、鈴を転がすような笑い声はひたすらに甘い。

すっかり毒気を抜かれたようにリィンは続ける。

「一時休戦って言っても……あなた、本気で私のことを殺すつもりでしょ？　恨みの感情も本物だわ」

「……それはお互い様だろ」

「まあね。でもあなたはこうして、殺したい女のことも気遣うことができる」

かすかな水音が響き、気配が近付く。

リィンがすぐそばの岩に腰かけたようだった。

背中越し、わずかな距離を空けて気配が伝わる。

春先の外気の中では生ぬるいはずのそれが、むしろ火傷《やけど》しそうなほどに感じられた。

リィンはなんでもないことのように、告げる。

「私はあなたの、そういうところが好きだったのよ」

「……俺も」

彼女の告白は、まるで単なる挨拶《あいさつ》であるかのようにあまりに自然なものだった。

だからクロウも口を滑らせてしまうのだ。

「昼間は『そこそこ』とか言ったけどさ。俺もおまえのこと、すっごく好きだったよ」

背中越しに緊張が伝わる。しかしクロウはかまわず続けた。

「呪いのせいで苦しんでるのにさ、そんなのを二の次にして見知らぬ他人を心配できる。逆境に負けない強さもある。そんなのを全部ひっくるめて……好きだった」

「……そう」

リィンはちいさくうなずいて、クロウの言葉を噛みしめているようだった。

そっと息をのんで――。

「でも私は、あなたのことをもう愛せないわ」

「奇遇だな。俺もだよ」

しばしふたりの間に沈黙が落ちる。

かすかな虫の音がそこに滑り込み、夜の闇がなお深まったようだった。

そんななか、リィンがそっと動いた。滴《したた》り落ちる雫《しずく》が地面を叩く。

「そろそろ上がるけど、そのまえに……ねえ、ひとつ聞いてもいい？」

「なんだよ」

「……どうして？」

それは、縋《すが》るようなか細い声だった。

クロウはそっと後ろを振り返る。

月明りのもと、白い裸体を晒《さら》しながらリィンは真っすぐにこちらを見つめていた。

耐え切れないような痛みに苛《さいな》まれるようにして眉を寄せ、震える唇で言葉を紡ぐ。

「未来のあなたは……どうして私を裏切ったんだと思う？」

「……そんなの俺だって知りたいよ」

絞り出した声は、リィンに負けず劣らず弱々しいもので。

クロウは自分がどんなに情けない顔をしているのか、まったくわからなかった。

◇

川のほとりで言葉を交わすクロウたち。

その姿を、じっと見つめる人影があった。

「……」

仮面をかぶった、道化のような出で立ちの人物だ。

背中に生えるのは虹色に輝く六枚羽。

その道化は木立の間に身をひそめ、じっとふたりの動向をうかがっていた。

ふたりがもしもその存在に気付いたのなら、言葉を失っていたことだろう。

なにしろそれは……彼らが未来で出会った魔族、そのものだったからだ。

道化はふたりから目を離さぬまま——。

「……計画、続行」

ただ、そうとだけつぶやいて、夜風とともに姿を消した。

六章

魔姫激突

World End Chronicle
Before you betray the world

次の日は清々《すがすが》しい朝になった。

「よし、これで出発できるな」

荷物をまとめて、クロウは空を見上げる。

晴れ渡った青空には雲ひとつなく、春の陽気が優しく降《ふ》り注《そそ》ぐ。

小屋は多少手狭ではあったものの、ふたりが横になるくらいのスペースは十分にあった。

睡眠時間もたっぷりとれたし、朝食も食べた。

昨日の疲れは一ミリたりとも残っていない。

大きく伸びをしてみれば、全身に活力が行きわたる気がする。

「そっちの方も準備できたか？」

「……ええ」

振り返ってみれば、リィンも身支度を終えて小屋から出てくるところだった。

どこか面持ちは硬いが健康状態には問題なさそうだ。

「それじゃ今日こそ西方支部に向かうわけだけど。おまえ、マジで行くわけ？」

「はあ？　もちろんよ。そのためにここまで来たんだから」

「パニックになるかもって町には入らなかったくせにか？　魔道騎士の支部こそおまえの顔を知ってるやつがひとりはいるはずだし、そっちの方が大混乱になるんじゃないのかよ」

「ふんだ、もちろんスマートに潜入する作戦を練ってきてるんだから」

「……ちなみに聞くけどどんな作戦？」

「他人の空似で押し通すっていう完璧《かんぺき》な作戦よ！」

「はあ……そんなことじゃないかと思ったんだよなあ」

「なによその目は。文句でもあるわけ？」

じろりと睨《にら》みつけてくるリィンに、クロウは肩をすくめるだけだった。

（でもま、これくらいの距離感がちょうどいいかな……）

昨夜。河原からこの小屋で眠るまで、ふたりの間にまともな会話はなかった。その前に交わした会話のせいで、妙にギクシャクしてしまったのだ。

だが今朝《けさ》になってようやくふたりとも元の調子に戻っていた。

険悪とまではいかないが、親密と呼べるほどでもない。

一時的に手を組んでいる敵同士としては適切なものだろう。

昨日は……ただすこし感傷的になってしまっただけだ。

「ああもう、いいよ。俺《おれ》も適当に話を合わせてやるから。とにかく行くぞ」

「あ、待って」

「っ……！」

歩き出そうとしたクロウだが、その場でびしっと凍り付いてしまう。

服の裾《すそ》を、リィンがぎゅっと掴《つか》んで引き止めていたからだ。

彼女はうつむき加減でぼそぼそと。

「あのね、昨日のことだけど……ちゃんとお礼を言わせてほしいの」

「は……？」

「あ、あなたのことは正直気に食わないわよ？　でも、あのとき来てくれて、ちょっとホッとしたの。真っ暗な中で心細かったし……トランヴァース王国が滅んだときのこととか、トリスがいなくなって、ひとりになったときのこととか……嫌なことも思い出したりしたし」

その声はかすかに震えていて。

それでもリィンは、その震えを振り払うようにしてぐっと顔を上げる。

「だから……ありがとう」

「ぐっ……」

向けられるのは、陽《ひ》だまりのような笑みと、裏表のない真っすぐな言葉。

それを一瞬でも可愛《かわい》いと思ってしまって……クロウは頭を抱えるしかない。

「おまえさあ……頼むからもっと嫌な女でいてくれよ」

「はあ？　なによそれ。せっかく人が礼節を通したっていうのに！」

あっけなくその手は離されて、ふたりはぎゃーぎゃー罵《ののし》り合いながら歩き出す。

険悪でも親密でもないし、付き合っていたころのように甘い関係でもない。

それでも先日の夜に殺し合ったときよりも、ふたりの間に流れる空気はどこか変化していた。

だがしかし、その空気も目的地についてすぐ霧散することになる。

西方支部の様子が——おかしかったからだ。


魔道騎士西方支部は広大な施設だ。

辺鄙《へんぴ》な田舎《いなか》という立地を生かし、騎士学校の合宿所や宝物庫などを擁《よう》しているため、見渡す限りの盆地いっぱいに施設が広がっている。常にベテランから新人まで二百名以上が在籍していて、ちょっとした町の規模なのだ。

だが……その正門の前に立ち、クロウとリィンは首をかしげるばかりだった。

「どうして誰《だれ》もいないわけ……？」

「いや、そんなはずはないんだが……」

支部の正門は開け放たれていて、門番のひとりもいなかった。

おまけに敷地内からは人の声すら聞こえず、しんと静まり返っている。

まるで廃墟《はいきょ》のような建物群を前にして、リィンはうーんと首をひねる。

「どこかで事件が起きて、みんな出払ってる……とか？」

「それにしたって誰か残るだろ……しかたない。とりあえず入ってみるぞ」

「うう……静かすぎてちょっと不気味かも」

ふたりは手分けして、人がいないか探して回ることにした。

しかし結局どの建物を覗《のぞ》いてみても、人影のひとつすら見かけなかった。

おまけに……。

「……あっさり目的が完了したな」

「本当にね……」

やがて行きついたのは西方支部の最奥。

平たいひし形状の建造物の前で、クロウとリィンは難しい顔で唸《うな》る。

これこそがふたりの目的地。聖遺物を納めた宝物庫だ。

数百メートル四方もある巨大な建物で、出入り口は一か所だけ。そこには十三の魔道錠前が施されていて、ほかにも建物全体に魔術による結界が張られていた。

それらに破られた形跡は見当たらず、扉は固く閉ざされたままである。

おかげでクロウはあごを撫《な》でて唸《うな》るしかない。

「たしかにこりゃ、トリス様が言う通り難攻不落だわ……あ、お前は近付くなよ？　封印魔法が破れたら大ごとだ」

「わかってるわよ。でも、だったらなんであのときは最初から開いていたのかしら?」

「さあ……っつーかここも四六時中見張りがいるって話だったよな?　誰もいないなんてやっぱりおかしいぞ」

その場であらためてあたりをぐるりと見回してみたが、やはり人の気配はどこにもない。

しかし……そこでふとリィンが小首をかしげてみせるのだ。

「うん?　どうした」

「なにか……あっちで聞こえなかった?」

「いや別に……って、勝手に行くなっつーの」

ふらふら歩きだす彼女のあとを、クロウはなんとはなしに追いかけた。

すこし歩き、角を曲がったところで……。

「あら?」

リィンがそんな声を上げて立ち止まる。

ぽかんと見つめるのはすぐ目の前の光景で——。

「おい、どうし……っ!?」

それを背後から覗きこみ、クロウは絶句する。

西方支部の中心部。本来ならば鍛錬場として使われるグラウンドだ。

そこに……あるはずのない、奇妙なものが存在していた。

グラウンドの中心に隙間《すきま》なく広がるレンガ敷。

そのただ中に建っていたのは、一軒の黒い洋館だった。

外壁も屋根も、墨を垂らしたような漆黒《しっこく》だ。窓の向こうにも闇《やみ》が広がっているばかりで、中の様子はわずかにもうかがえない。屋根の上に取り付けられた風見鶏は風もないのにくるくると回り、地表にいびつな影を落としていた。

外壁を覆《おお》うのは毒々しいまでに咲き誇る蔦薔薇《つたばら》。

壁の黒と薔薇の赤とのコントラストが目に痛いほどだった。

「なにかしら、あのお屋敷。地面にも……なんだか文字みたいなものが見えるけど」

敷かれたレンガとグラウンドの境目には、赤い蜃気楼《しんきろう》のようなものが揺れていた。

その蜃気楼に浮かび上がるのは、奇妙な文字である。

線と線とが蜘蛛《くも》の巣のように複雑に絡《から》み合《あ》ったその文字は、この国のものとは似ても似つかないもので――。

「でもあの文字、どこかで……きゃっ！」

リィンのセリフは小さな悲鳴で中断される。

クロウがとっさに彼女の手を引き、建物の影へと身を隠したからだ。

「急になにするのよ！」

「……あの文字の正体を教えてやるよ」

絞り出した自分の声は、滑稽《こっけい》なほどに震えていた。

グローブを外し、そこに収まる指輪をかざす。

未来で授《さず》かった聖遺物——道標輪廻《どうひょうりんね》。

そしてその表面には……線と線の絡み合った、複雑な文字が刻まれていた。

言わんとしていることに気付いたのか、リィンもハッとしたように絆創膏《ばんそうこう》をはがして自分の指輪を確認する。

「たしかにここに書かれている文字に似てるけど……それがどうかしたの？」

「俺は未来の世界で、トリス様に魔術を教わった。そのついでに、いろんな知識を叩《たた》きこまれたんだ。だから断言できる。この文字はいわゆる魔界文字。この世界で用いられるはずのない魔術原語だ」

クロウは小さく吐息をこぼし、覚悟を決めて言葉を紡ぐ。

「あの建物にいるのは、十中八九……魔族だ」

「っ……！」

そのたったひとつの単語だけで、リィンの顔が強張《こわば》った。

魔族。

ここことは異なる世界——魔界と呼ばれる世界に住まう種族の名だ。

彼らは不死に近い肉体と莫大《ばくだい》な魔力を有し、王である魔神に率いられてこちらの世界に大いなる災禍《さいか》をもたらした。それが今から三百年前の話である。

魔神が英雄イオンに討《う》たれると同時、彼らも姿を消したのだが……。

「そんなはずないでしょ！　だって私のご先祖様が魔界に通じるゲートを封印したんだから……魔族はこっちに来られないはずよ!?　聖遺物がそろった未来ならともかくとして！」

「そのはずなんだが……例外っつーのがたまにあるんだよ」

ごくまれな例だが、魔族がこちらの世界に迷い出ることがある。

なかには甚大な被害が発生し、町一つ消え去った事件も記録されているのだ。

そう説明するとリィンは小さく息をのんだ。

「まさか、ここの人たちはみんなその魔族にやられて……!?」

「その可能性は十分に考えられる。だけど……なあ、このあたりを歩き回って、血痕《けっこん》のひとつでも見つけたか？」

「なかったと思うけど……ひょっとして殺されたんじゃなくて、捕まってる……とか？」

「推測の域を出ないけどな」

クロウは肩をすくめてから、屋敷の様子をうかがう。

館の上ではいつの間にやら暗雲が立ち込めていて、肌を刺すような不穏な空気がびりびりと伝わってくる。いかにも魔窟《まくつ》、といった様相だ。

「しかし魔道騎士を捕まえる目的はなんなんだろうな。聖遺物の宝物庫は無事だったし……いやまあ、考えても仕方ないか」

　ここで取れる行動などふたつしかない。

　一時撤退して増援を呼ぶか、敵を打破するか。

　だがしかし……前者を選べるはずもなかった。

　魔道騎士たちの安否はもちろん気になるし、目と鼻の先に聖遺物があるのだ。

　危険因子は、なるべく早く排除しなければならない。

「ともかく俺は一度様子を見てこようと思うんだけど……おまえはどうする？」

「ふんっ、愚問ね」

　リィンは胸を張ってナイフを抜き放ってみせる。

「もちろん私も行くわ。困っている人がいるなら見過ごせない！　それが偉大なご先祖様……英雄イオンの血を引く者の務めなんだから！」

「……そう言いつつ、生まれたての小鹿みたいに震えてるぞ」

「しっ、しかたないでしょ！　魔族と戦うなんて初めてで……あ、いや。初めてじゃなかったわね。未来でピエロみたいなやつに手も足も出なかったし」

「やめろって……俺も同じ経験してるんだから思い出させるなよ」

　ふたりして魔族との戦いにいい思い出がない。

　しばし重苦しい空気が立ち込めるが……リィンはそれを振り払うようにして声を上げる。

「未来は未来！　今は今よ！　魔族なんて……本気を出した私の敵じゃないんだから！」

「いやでも、たぶんおまえと魔族じゃ相性最悪……って、先に行くなっての」

ぎこちなく歩き出すリィンのあとを、クロウもやれやれと追いかける。

そこで、ふと気付くのだ。

(あれ……この時代にこんな事件なんてあったっけか？)

魔道騎士の支部、しかも聖遺物を安置する場所が魔族に襲われたとなれば一大ニュースになったはず。それなのに、そんな事件を新聞などで目にした記憶はまったくなかった。

かすかな違和感に足が止まりそうになるのだが……。

「こら！　なにをぼさっとしてるのよ！　わ、私ひとりで魔族を倒しちゃうわよ⁉」

「……へいへい」

リィンに叱責《しっせき》されるままに屋敷へと向かうのだった。


屋敷への侵入は思ったよりも容易だった。

なにしろふたりが玄関に立つと同時に、扉が自然と開いたのだ。

見え透いた罠《わな》ではあったが、リィンは迷わず中へと踏み込み、クロウもそれに続く。扉はまた自動で閉まり、錠のかかる重い音がエントランスに響きわたった。

「あら、思ったよりもきれいなお屋敷じゃない」

リィンの邸宅には劣るものの、なかなか豪奢《ごうしゃ》な内装である。

大理石の床は顔が映りそうなほどに磨き上げられ、埃《ほこり》のひとつも落ちていない。正面には二階に上がる階段が見えていて、左右に部屋が続いていた。不審なものはなにも見当たらない。

しかし、クロウは顔をしかめるのだ。

「死ぬほど嫌な感じだな……」

「そう？　私はなんともないけど」

「マジか、この重苦しい気配がわかんねーのかよ……」

空気はやたら粘度を帯びていて、ただ息をするだけでも肺が軋《きし》んだ。

気の弱い人間なら立ち入っただけで泡を吹いて倒れたことだろう。

まるで屋敷全体から毒が染《し》み出し、客人の身体を蝕《むしば》んでいくようだった。

それなのに、リィンは本当になんともないらしい。

きょとんと目を丸くするさまは、強がっているようには見えなかった。

「魔神に呪われてるせいで鈍感なのかねえ……なんとも便利な、っ⁉」

クロウはそこで大きく息をのんだ。

リィンもまた同時に顔を上げる。

ふたりが見上げるのは二階の奥で――。

「今たしかに……」

「ああ……声がしたな」

ふたり顔を見合わせて、合図もなしに同時に駆け出していた。

しんと静まり返った屋敷の中。かすかに届いたのは、か細い少女の悲鳴だった。

段飛ばしで階段を駆け上がり、そろって声のした部屋へと飛び込んだ。

はたしてそこは——不自然なまでに広い空間だった。

見上げんばかりの天井《てんじょう》も、遠近感が狂うほど奥に続く壁も、すべてが白と黒の格子模様。

魔術で時空を歪《ゆが》ませているのか、この屋敷がすっぽり収まってしまいそうなほどに広い。

そしてその部屋には、巨大な鳥籠《とりかご》が無数に並んでいた。

中にはそれぞれ例外なく十名ほどの人物が倒れている。老若男女の区別もなく、人間以外の種族も混ざる彼らの共通点は、クロウと同じ魔道騎士の制服に身を包んでいることだった。

みな青白い顔をしてまぶたを固く閉ざしているものの、かすかに胸が上下する。かろうじて生きてはいるようだ。

おかげでひとまずほっと胸を撫《な》で下ろすのだが……やはり異様な光景と言うほかない。

「なんだこりゃ、悪趣味な……飼育小屋ってところか？」

「あっ……！　見て！　あそこ！」

リィンが指さすのは部屋の中央。

ひときわ大きな鳥籠の中に——。

「た、たすけ……て」

ひとりの少女が入っていた。

ほかの人々とは異なり、彼女だけはどうやら意識があるようだ。

年のころはクロウたちとそう変わらない。身にまとう魔道騎士の制服はぼろぼろで、長い赤髪が床いっぱいに広がって、血だまりのようになっている。

紅玉《こうぎょく》のような瞳《ひとみ》を見開いて、少女は籠の隙間から必死に手を伸ばす。

その形相《ぎょうそう》は見る者の心をかき乱すほどに悲痛なもので——。

クロウの真隣で怒気が膨れ上がり、それはすぐにはじけ飛んだ。

「っ、待ってて！　今すぐ——えうぐっっ⁉」

「影導魔術第四階梯《かいてい》！」

飛び出しかけたリィンの首根っこを引《ひ》っ掴み——。

クロウは躊躇《ちゅうちょ》なく片手を振り上げる。

「《影槍《シャドーランス》》！」

同時、少女の囚《とら》われた鳥籠の影がぞわりと鳴動して——。

ズグシャッ！

影の中から幾多もの巨槍《きょそう》が飛び出して、鳥籠もろとも少女を貫いた。

他者の影を操《あやつ》る術だ。

不意打ちにはもってこいの技だし、今のは避《よ》ける暇もなかっただろう。だがしかし発動がやや遅いため、二度と同じ手は通じない。

「やった か……？　でも、っぐお⁉」

「なっ、なんて、ことを……！」

手ごたえを確認する暇もなく、胸倉《むなぐら》を摑まれる。

次の瞬間、視界一杯に飛び込んでくるのはリィンの蒼白《そうはく》な顔だった。彼女は震える唇を噛《か》みしめて、ありったけの力でクロウを締め上げる。つり上《あ》がった目には薄い涙の膜が張っていた。

「あなた、自分が何をやったかわかっているの⁉　あんな罪もない女の子を殺《あや》めるなんて……やっぱりあなたは私の世界を滅ぼしたクロウなのね⁉」

「……バカ言え。俺はいたって善良なクロウだよ」

「だったらなんで――」

「くすっ」

「っ！」

鈴を転がすような笑い声。

それは、ひしゃげた鳥籠の中から響いてきた。

リィンがぴしりと凍り付き、ゆっくりとそちらを振り返る。

「まさか一瞬で見抜かれちゃうなんて。もっと遊べるかと思いましたのに」

影の槍《やり》を押しのけて出てくるのは、助けを求めていたはずのあの少女だ。

あれだけの攻撃を受けたはずだというのに、かすり傷ひとつ負っていない。

床につくほど長い赤い髪を蛇《へび》の尾のようにゆらめかせながら、素足のまま鳥籠の外へと歩み出てくる。

その小さな足が床を踏むたび、まるで空間が歪《ゆが》むような息苦しさが増していった。

少女はこてんと小首をかしげてみせる。

「でもどうして気付かれてしまったのでしょう？　これでも演技には自信があったのだけど」

「ツメが甘いんだよ、ツメが」

クロウは口元を引きつらせてせせら笑う。

「服は埃《ほこり》だらけだっていうのに、髪や肌はすこしも汚れちゃいなかった。本気で騙《だま》そうと思うなら、もっとなりふり構わず化けるべきだったな」

「あらまあ、すばらしい洞察力ですこと。人間なんてどれも羽虫以下だと思っていたけれど……あなたみたいな逸材もいるのですね」

少女は品定めするようにクロウをじろじろと見つめる。

「それにしても、あなたたち今までどこに隠れていたのですか？　この施設の人間はすべて捕獲したはずだったのに。それとも外からいらしたの？」

「まさか……」

リィンがクロウから手を離し、茫然《ぼうぜん》と問う。

「あなたが……ここを襲った魔族、なの？」

「あら、やっと気付いたの？　そっちの子は鈍いのですね」

少女は腰を折って恭《うやうや》しく頭を下げる。

「はじめてお目にかかります。わたくしの名は――」

そこで彼女の身体から紅蓮《ぐれん》の炎が立ち上がった。

ぼろぼろだった制服が燃え落ちて、その出で立ちが一瞬で変化する。

華美なドレスも、華奢《きゃしゃ》なハイヒールも、なにもかもが目のくらむような真紅《しんく》。

そしてその背中から生えるのは――三対の光の羽だった。

まるで蝶《ちょう》のようなそれは、光の加減によって様々な色に変化する。

「侯爵魔族、ベアトルージュ・トロワ。以降、お見知りおきを」

「侯爵だって……⁉」

魔族は実力主義の身分制度だ。強い者が、より高い地位を得るという。

中でも侯爵といえば……。

「……上から二番目の階位ってことだからな？」

「わ、わかってるわよ！　ちょっとど忘れしただけ！」

指折り数えていたリィンに、そっと解説をしておく。

ひきこもりの王女様は、社交界の常識にきわめて疎《うと》い。

「だが……冗談も休み休み言ってほしいもんだな。侯爵級なんて、魔神がいた時代ですらレアな存在だ。そんなのがこっちの世界に、なんの用があるっていうんだ」

クロウはベアトルージュと名乗った魔族を真っ向からにらみつける。

「まさかとは思うが……聖遺物を奪いに来たのか？」

「聖遺物ぅ……？」

魔神が倒されて三百年の間、魔族が聖遺物を取り戻しにやってきた記録はない。

だが、万が一ということもあるだろう。

しかしベアトルージュは肩をすくめてみせるのだ。

「そういえばここにあるんでしたっけ？　魔神様がいらした時代ならいざ知らず……あんなガラクタに興味などありませんわ」

「が、ガラクタ……？」

かつてこの世で魔神が用い、絶大な力を揮《ふる》った魔道具。

それをガラクタとはあんまりな物言いだが……ベアトルージュが冗談を言っているようには見えなかった。

「だ、だったら、なんでこの西方支部を襲ったんだ！」

「そうよそうよ！　用がないなら魔界に帰りなさいよ！」

「なんで、ですか。理由を述べるなら……そうですねえ」

ベアトルージュはいたずらっぽくクスリと笑う。

「わたくしはね、これでなかなかの美食家なんです」

「「は……？」」

脈絡のない回答に、クロウとリィンはそろって目を丸くしてしまう。

それにもおかまいなしでベアトルージュは語り続けた。

「わたくしたち魔族は、こっちの世界の生き物みたいにものを食べる必要がないんです。魔界の瘴気《しょうき》さえあれば何百年だって生きていける。でもね……わたくしは食事というものが大好きなの」

ぺろりと唇を舐《な》める小さな舌は、ベリーのように紅《あか》い。

「実のところ、こっちの世界にはこれまでも何度も足を運んでいるんですよ。そのたびいろんなものを食べまして……東龍《とうりゅう》共和国のおスシに、ネーヴェ皇国のザッハトルテ、トランヴァース王国のお魚料理とか。あとは……」

彼女が指折り数えていく料理は限りがない。

しかもその語る口ぶりは弾《はず》んでいて、いかにも無邪気な少女そのものなのだ。

おかげでふたりは戸惑いながら目配せし合うしかないのだが――。

「瘴気がなくてちょっと息苦しいけど、美味《おい》しいもののためなら多少我慢はできるの。どれもこれも病みつきになっちゃうほどにおいしくて……特に、一番の好物は――」

熱いため息をこぼしてみせて、ベアトルージュは嗤《わら》う。細めた目で見つめるのは――クロウだ。

「あなたみたいに強い……人間の生き血」

「っ……!?」

瞬間、クロウの全身を針のような悪寒《おかん》が襲う。

対峙《たいじ》するのは見目麗《うるわ》しい小柄な少女。

そうだというのに本能がけたたましく警鐘を鳴らす。

全身の毛穴から汗が噴き出して、寒くもないのに体が震えた。

これまでクロウは様々な強敵と戦ってきた。竜や巨人といった上級モンスターはもちろんのこと、他種族の手練《てだ》れたち。どれも十分な脅威ではあったものの……目の前の存在と比べたら、赤子も同然だったと一瞬で悟る。

(へたをすりゃこいつ……未来で戦ったリィンと同等くらいか!?)

聖遺物――黒陽剣を手にしたリィンに、クロウはなすすべもなく敗北した。

その手痛い記憶が脳裏《のうり》にまざまざと蘇《よみがえ》る中。

ベアトルージュはますます口角を持ち上げてみせるのだ。

「ここ最近は普通の食べ物で満足していたんです。でもね、同胞からちょっとした噂《うわさ》を聞きまして」

「噂……？」

「ええ。わたくし好みの人間がこのあたりにいるって噂。なかなかお目当ての獲物が見つからなくて困っていたところだったのだけど……」

三日月の型の唇も、口元に添えた手も、ひどく優美で上品だ。

しかしその甘やかな声色《こわいろ》には、隠し切れないほどの獰猛《どうもう》さがにじんでいた。

脂《あぶら》にまみれた肉切り包丁のようなぎらついた目でベアトルージュはクロウを射抜く。

「あなたは見所がありそうですね。変わった魔術を使うし、頭も切れる。そんな男の血なんて……いったいどんな味がするのかしら」

「はっ……食あたり間違いなしだ。やめといた方がいいと思うぜ」

「ご忠告ありがとうございます。でも、あいにくお腹《なか》は丈夫な方なの。ああ、でも本当……見れば見るほどおいしそう」

ベアトルージュは頬《ほお》に手を当ててうっとりするような吐息をこぼす。

「うん。決めました。メインディッシュはあなたにしましょう。ちょうど前菜で小腹を満たすのも飽きてきたところですしね」

「前菜って……っ！」

リィンがハッとしてあたりを見回す。

巨大な鳥籠に入れられた人々は、やはり一向に目覚める気配がない。

「……この人たちのこと？」

「ええ、そうですよ。一応捕まえてはみたけれど、あんまりおいしくないし……ちょっとつまみ食いしただけで飽きちゃったの。だから一応まだ死んではいないけど……」

ベアトルージュはうっとりと目を細め、唇を舐《な》める。

「最後の一滴《いってき》って、どんな生き物でもそれなりに甘美な味わいなのよね。食前酒代わりに……あとでみーんな飲み干してしまおうかしらね」

「……そう」

リィンが短く息をつく。次の瞬間。

一瞬にして膨れ上がるのはむせ返るほどの怒気。

まずいと思うより早く、リィンが床を蹴《け》った。

すばやくナイフを抜き放ち獲物めがけて獣のように駆け抜ける。

「無辜《むこ》の民を虐《しいた》げる悪は……王家の名に懸けて、この私が断罪するわ！　覚悟なさい！　魔族！」

「ちょっ、待て待て煽《あお》るなバカ!?」

「活《い》きのいい獲物ですこと。それじゃあ……せっかくだし、すこし遊んであげましょうか」

ベアトルージュはくすりと笑み、口元に右手を添えて。

「鮮血魔術式第一階梯……」

その人差し指に、白く輝く牙《きば》を突き立てた。

指先から蜜のような血がにじむ。その雫《しずく》が肌を伝い、床へとこぼれ落ちて——弾けた。

「《凶血蝶《ブラッディフェザー》》！」

血のしずくから生じたのは燃え盛る猛火。

それは巨大な鳥の姿を成しており、はばたくだけで壮絶な熱波が生まれて周囲の鳥籠がぐにゃりと歪《ゆが》む。その怪鳥が耳障りな鳴き声とともにリィンへ真っすぐ飛翔《ひしょう》する。

「そんなの効かないわ！　光流奥義——《天斬《あまきり》》！」

リィンの鮮やかな一閃《いっせん》。

ナイフが翻《ひるがえ》ると同時、鳥は中空で真っ二つに切り裂かれてしまう。

しかし、次の瞬間——。

「へっ⁉」

まっぷたつになった怪鳥が、勢いをそのままに左右からリィンを挟み撃ちにして襲いかかった。

空間が揺れるほどの爆音。炎の飛沫《しぶき》が雨あられと散布される。

黒煙が立ちのぼる中……ベアトルージュは「あら」と声を弾ませるのだ。

「わざわざ助けてあげるなんてお優しいこと。ますます気に入りましたわ」

「けっ、お褒《ほ》めにあずかり光栄だよ……！」

クロウは唾《つば》を飛ばして吐き捨てる。

その足元では、リィンが目を丸くしてへたり込んでいた。

腰に巻き付いているのはクロウが伸ばした影の腕だ。間一髪で救い出してやったものの、ワンピースの裾の一部が焦《こ》げてボロボロになっている。

「う、うそ……今、なんで……きゃっ⁉」

「そおら、まだまだいきますわよ！　《凶血鳥《ブラッドフェザー》》！」

「ああくそっ！　《投影《シャドーアーツ》》！」

襲い来る無数の火の鳥。

それから逃げるべく、クロウはリィンを横抱きにして地面を蹴った。

瞬時に影がその身にまとわりつき、巨大な一対の羽と化す。コウモリの羽のような皮膜の張ったそれをはためかせれば、あっという間にふたりは天井付近まで飛び上がった。

そのすぐそばを火の鳥が猛スピードでかすめていく。

おかげでリィンが裏返った悲鳴を上げるのだ。

「なんで……⁉　なんで、魔術の炎が私に届くの⁉」

「それを忠告する前に飛び出していきやがるんだもんなあ……」

ジグザグに飛び回りながらクロウはため息をこぼす。

熱風に煽られるうえに、余計な荷物付き。それでも必死に羽を動かした。

「見ろ。俺の影導魔術はおまえを抱えていても発動してるだろ」

「え、だってそれは特別な魔術だからじゃ……マナを必要としないんだっけ」

「そう。それで、魔族の魔術も同じらしいんだよ」

こちらの世界にはマナと呼ばれるエネルギーが満ちている。

だがしかし、魔族の暮らす魔界にはそれがそもそも存在していない……らしいのだ。

そのため魔族の用いる魔術はマナと無関係に発動する。

「そもそも影導魔術は、魔族の魔術からヒントを得て英雄イオンが編み出したって言うし。原典はあれなんだよな」

「つまりそれって……どっちも無効化できないってこと⁉　詐欺《さぎ》じゃない！」

「おまえの呪《のろ》い自体がそもそも詐欺みたいな――うわっ⁉」

火の鳥の羽が頬をかすめ、クロウは小さく息をのむ。

その数はいつの間にか天井を埋め尽くすほどになっていた。

熱気のせいばかりでない汗がこめかみを伝い、クロウはぐっと腹に力を入れる。

「しかたない……ここはいったん退《ひ》くぞ！」

「そんなっ！　捕まってる人たちはどうするのよ⁉」

「かと言ってへたに手を出したら巻き込んじまうだろ！」

地表に見えるのは無数の鳥籠。クロウたちがすこしでも近付けば最後、火の鳥が突っ込んで鳥籠を無差別に粉砕することだろう。それだけはなんとしてでも避けたかった。

だからクロウは一直線に出口を目指す。しかし――。

「ざーんねん」

「げっ……⁉」

飛び込む寸前、扉が音もなく消失してしまい、壁に衝突しかけて急停止する。

そしてその背後には、宙に浮かんだベアトルージュが待ち構えていた。

ベアトルージュは恍惚《こうこつ》とした笑みのまま右手を振るう。

「こんな美味しそうなご馳走……みすみす逃がすものですか！」

「くそっ！　こうなったら……！」

「ちょっ、どこに行くのよ！　そっちは行き止まりで……っ⁉」

ベアトルージュが放つのは見上げんばかりに高い炎の波だ。

前方には轟音《ごうおん》とともに床を破砕して疾駆するそれ。背後には壁。どこにも逃げる術はない。

だがクロウは迷うことなく、部屋の隅――空の鳥籠の裏へと飛び込んだ。

そして――。

「果てよ宿運！　愚鈍の徒に今こそ裁きの抱擁を与えん！　《鮮血遺骸布《ブラッディヴェール》》！」

ベアトルージュが力ある言葉を叫ぶと同時、炎が弾け飛んだ。

鳥籠は粉々になってあたりに散らばり、そのあとには――。

「……あら？」

ベアトルージュが小首をかしげる。

あとに残るのは鳥籠の基底部分と、焼け焦げた床と壁。

しかし、そのどこにもクロウたちの姿は見当たらなかった。

「おかしいですわね……いったいどこに逃げたのかしら」

ベアトルージュは不思議そうにあたりを見回す。

指を鳴らせば天井の火の鳥はすべて消え去り、あとには静けさだけが満ちた。

そんななか……クロウはこっそりとため息をこぼすのだ。ふたりは消えたわけではなく、まだその場にとどまっていた。

「はあ……これで一旦《いったん》なんとかなったな」

「へっ、え……ここって、どこ……？」

「……影の中だよ」

目を瞬《しばたた》かせるリィンをそっと下ろす。

クロウたちがいるのは狭くて薄暗い空間だ。

天井には様々な形の穴がいくつも開いていて、ベアトルージュの足元や人々が囚われた鳥籠などがはっきりと見える。まるであの部屋の真下に穴を掘ってできたような空間だ。

「これも影導魔術の応用技だ。影の中の世界に……隠れたんだよ」

「べ、便利なものね……って、どうしたの⁉」

クロウはぐらりと体勢を崩し、その場に倒れ込んでしまう。

そこにリィンが駆け寄ろうとするのだが……それを片手で制しておく。

「待て。それ以上おまえに近付かれると魔術が使えなくなる。できるだけ離れていてくれ」

「まさか、今の炎で……？」

「ちょっとかすっただけだ。すこし時間があれば元通りに治せるさ」

つっかえながらも呪文《じゅもん》を唱え、白魔術を行使する。

左足首のブーツは、完全に炭と化していた。残骸《ざんがい》を払い落としたあとには赤く爛《ただ》れた素足が覗く。立ちのぼる黒い煙は生々しい臭いをもたらすが、不幸中の幸いで感覚が麻痺してしまったようで痛みは少ない。

だが、ダメージがないわけではなかった。

クロウの額をおびただしい脂汗《あぶらあせ》がとめどなく流れ落ちていく。

歯の根が合わず、目の前にいるはずのリィンの顔もぼやける始末だ。

リィンが音を立てて生唾《なまつば》をのみ込む。

「ひょっとして、私を抱えていたから？　だから避け切れなかったの……？」

「別に気にすることはないさ」

クロウはぼんやりとする頭を動かし、うわ言のように言葉を紡《つむ》ぐ。

そう。炎に焼かれたのが自分でよかった。なぜなら——。

「おまえに魔術は効かないからな……ケガしたのが、俺でよかった」

「っ……！」

「しっかしまいったな……この火力、侯爵級ってのはあながち嘘《うそ》でもないらしい」

ぼりぼりと頭を掻《か》いて、クロウは天井に空いた穴を見上げる。

敵は高い能力を有する高位魔族。

まさに絶体絶命としか言いようがない。

（手がないわけじゃないが……正直厳しいかな。回復が終わらないとどうにも……）

必死に戦術を練っていた、そんな折。

「クロウ」

「っ……!?」

不意にリィンが声をかけてきて、おもわず息を詰まらせてしまう。

今、聞き間違いでなければ……彼女はクロウの名前を呼んだ。

おそらくこの時代で再会してから、初めてのことだろう。

彼女はすこし離れた場所に膝《ひざ》をつき、固い面持ちで真っすぐに告げる。

「あなたには完敗よ」

「は、あ……？　いったい何の話だよ……」

「だって、二回も私のピンチを助けてくれたじゃない。あの魔族のもとに駆け寄ろうとした私を止めたとき。それと、さっきの炎から助けてくれたとき」

「た、たしかに助けたが……」

いまいち話が見えなくて、クロウは目を白黒させてしまう。

リィンは右手に光る絆創膏をはがして、指輪をかざす。

「この指輪のせいで、私たちは相手を直接殺せないでしょう？　だから私……あなたがピンチに陥《おちい》ったときは見殺しにしようと思っていたの。でも、あなたは迷わず私を助けてくれたわ。自分の身を呈《てい》してまで……そんなこと、私は考えも――」

「……あっ」

「う、うん？」

凍り付いたクロウに、リィンがきょっとんと目を丸くする。

彼女の言葉を何度も頭の中で反芻《はんすう》し……クロウはようやく自分がとんでもない失態をやらかしてしまったことに気付くのだ。

「う、うわあああ……！　マジだ……やっちまった……！　なんか自然に助けちまってたけど……どう考えてもあんなの見殺し一択だったじゃねーか俺のバカ……！」

「えっ……ひょっとして、なんにも考えずにやったわけ⁉」

「そーだよ無意識だよ……笑いたきゃ笑えや畜生」

「い、いや、笑わないけど……ええ」

リィンはじーっとクロウの顔を見つめて、心底不思議そうにぼやく。

「昨夜のことといい今といい……あなた、本気で私を殺す気があるわけ？」

「ぐっ……本気じゃなきゃ寝込み襲ったりしねえだろうが！」

とはいえクロウはそれ以上の反論が浮かばなかった。

なにしろさっきはたしかに体が勝手に動いていたし、間一髪炎から助け出せたときは胸を撫《な》で下ろしてさえいた。

間違いなく、あのときの自分はリィンを守るために行動していた。

（くそっ……日和《ひよ》るにも程があるだろ⁉　でもどうしてだ……？　こないだはたしかに本気で……あ）

先日、リィンを暗殺しようとしたときに抱いた殺意は本物だった。

あれから変わったことがあるとすれば……そこではっと気付いてしまう。

「っ、おまえのせいじゃねーか！」

「へ？　な、なんで⁉　っていうかなにが⁉」

「おまえがセンチメンタルな話題を振ったり素直に礼を言ったりしたせいで……昔を思い出してついつい守っちまったんだよ！」

「えっ、ええ……仮にそれが原因だったとしても本人に言う？　恥ずかしくないの？」

「もうすでに穴があったら埋まりたいくらいに恥ずかしいんだよ！　つーか、この程度のことでころっと女に絆《ほだ》されるとか……十代の青臭いガキか俺は⁉」

「いやまあ、今の私たちはふつうに十代なんだけど。ふーん……そうなの。無意識だったんだ」

リィンはすこし頬を赤くして、目をそらしてしまうし。

おかげでふたりの間にはうっすら気まずい空気が流れてしまう。

（最悪だ……ターゲットに情が湧《わ》くとかありえないだろ……）

未来を変えるという使命のもと、リィンを殺す決意をしたはずなのに。

それがたった一夜のやり取りだけで揺らぐとは。情けないにもほどがあった。

「でも……これであなたに借りができたのは事実よね」

顔を覆ってうなだれるクロウに、リィンは静かに語り掛ける。

指の隙間からうかがえば、彼女は力強くうなずいてみせる。

「偉大なご先祖様の名に懸けて、きちんと借りは返させてもらうわ」

「いや、できたら忘れてもらった方がうれしいんだが……なんならこないだの暗殺未遂の一件をチャラにするとかでいいからさ」

「その一件を考慮したとしても、一度命を狙《ねら》われて、二度命を救われているじゃない。プラスマイナスで借りひとつよ」

「いやいや、そんなシンプルな引き算しなくても……っ⁉」

突然轟《とどろ》いた爆音に、ふたりそろって顔を上げる。

頭上の穴からは、爆炎に巻かれた空の鳥籠が、木っ端みじんにはじけ飛ぶさまが見えた。

緋色《ひいろ》の焔《ほのお》が舞い散る光景は、骨の髄まで冷えるほどに美しい。

黒煙がけぶるなか。

ベアトルージュがあたりを見回し、わざとらしくぼやく。

「はあ。これだけやっても見つからないなら……仕方ないですわねえ」

ぱちん、とひとつ指を鳴らす。

すると女の周囲にたたずむ鳥籠が一斉に開いた。

そこからゆっくりと歩み出てくるのは、気を失っていたはずの魔道騎士たちだ。

彼らの目はどれも濁ったガラス玉のような様相で、なにも映してはいなかった。みな幽鬼のような足取りでベアトルージュのもとに集《つど》っていく。

それはまるで、聖女と敬虔《けいけん》な信者のような光景だったが――。

「ふふふ。言い忘れていましたが、わたくしは血を吸った相手を操ることができるんです。こーんなふうに……ね」

もう一度指を鳴らした瞬間に、魔道騎士たちが一斉にその腰に下げた剣を抜き放つ。

そうして彼らはその切っ先を迷うことなく自身の首元に突きつけるのだ。

一糸乱れぬその動きに、ベアトルージュは満足げに目を細めてみせる。

「さあ、これでもまだかくれんぼを続けるつもりですか？　そっちがそのつもりなら……この方々で小腹を満たすしかありせんねえ」

その弾んだ声は、水面に落とされた泥のように隅々にまで染み渡《わた》る。

それはもちろん、影の中も同じことで——。

クロウは深く息を吐き出すことしかできなかった。

「ちっ……時間稼ぎはここまでか」

「っ、ダメよ！」

立ち上がろうとしたクロウを、リィンの鋭い声が押しとどめる。

「怪我《けが》はまだ治っていないでしょ！　そんな状態で出て行っても……まともに戦えるはずないわ！」

「んなこたわかり切ってるっつーの。だからって他《ほか》にどうしようもないだろ」

白魔術による足の治療はなお進んでいるものの、まだ動けるほどには治っていない。魔術を使って戦うにしても集中力が続かないだろう。

それをじっと見つめて、リィンは低い声で問う。

「……治療まで、あと何分くらい必要？」

「そうだな……あと五分もありゃ動けるかな」

「わかったわ」

ひとつうなずいて、リィンは天井をにらむ。

その瞳に宿るのは魔術の炎もしのぐほどの熱量で。

そうして放たれる宣言は――予想だにしないものだった。

「ひとまず私が囮《おとり》になるわ」

「は……？」

「あの魔族を引き付けて、時間を稼ぐ。だからあなたは回復に専念してちょうだい」

「っ、待て……!?」

彼女の言葉の意味が、クロウにはすぐ理解できなかった。

天井に空いた穴から飛び出そうとするリィンの背に、一拍遅れてあわてて叫ぶ。

すこし身じろぐだけで、治りかけていた神経が叫び出したくなるほどの激痛を生んだ。

それでもクロウは、苦悶《くもん》の悲鳴より先に怒声を吐いた。

「あいつとおまえとじゃ相性《あいしょう》が最悪すぎる！　さっきの戦いでわかったはずだろ！」

リィンの実力はたしかにすさまじい。

あらゆる魔術を無効化する魔神の呪いに、万物を断ち切る剣技。

だがしかし、どちらもベアトルージュの炎には通用しない。

それがわかっているはずなのに、リィンは不敵に笑う。

「なにも本気で倒せるとは思ってないわよ。ただすこし時間を稼ぐだけ。治療が終わったらとっとと加勢しなさいよね」

「それが無謀だって言ってるんだ！　そもそも俺とおまえはただの敵同士だ！　そこまでされる義理はない！」

「あーもう、うるさいわね。これは私が勝手にやることなんだから、あなたに指図《さしず》されるいわれはないの。それに……」

そこでリィンが言葉を切って、薄く笑う。

おかげでクロウははっと口をつぐんでしまうのだ。

それはとても柔らかなもので……かつてともに過ごした日々を思い起こさせるものだった。

「あなたと話して……私も昔を思い出しちゃったのよ！」

「リィンっ！」

制止の声はもうなんの意味もなさなかった。

リィンは勢いよく飛び上がり、影の中から姿を現す。

それと同時に風が逆巻き、うなりを上げて荒れ狂う。

「私が相手よ！　覚悟なさい！　魔族！」

「あら、あなたの方？　悪いけど……雑魚《ざこ》はお呼びじゃないのよねえ！」

ベアトルージュがにたりと笑って手を振るう。

その瞬間、巨大な火の鳥がリィンめがけて襲い掛かった。

先ほどふたりを追い回したものよりも二回り以上も大きな個体だ。

だが、リィンは臆することもなくナイフをにぎりしめ……鋭く虚空《こくう》を断ち穿《うが》つ！

「光刃流奥義突きの型四番――《羅千《らせん》》！」

放たれるのは竜巻と見まがうほどの鮮烈な刺突。

それが怪鳥の腹に風穴を開け、魔道騎士たちの間を縫うようにしてベアトルージュに肉薄する。

「ふふ、《鮮血遺骸布《ブラッディヴェール》》！」

しかし突如立ちのぼった炎の壁が、その烈風を阻《はば》み止めた。

壁の向こうでベアトルージュはうっそりと微笑《ほほえ》む。

「そこそこやるようですが、この程度ではわたくしを――」

「光刃流奥義薙《な》ぎの型！」

「なっ⁉」

女の形相が一瞬で歪《ゆが》み、素早く振り返る。そして――。

「《天斬《あまきり》》！」

「っっ――ああああああああ⁉」

劈《つんざ》くような悲鳴とともに、ベアトルージュの身体を光が薙いだ。

中空を小さな影が飛ぶ。

床に落ちて紅《あか》い液体を撒《ま》き散らすのは……ひじのあたりで断ち斬《き》られた右腕だった。

よろめくベアトルージュの背後で、リィンがにやりと笑う。

「ふふん、これでもまだ雑魚だって？」

「このっ……！」

先日クロウがリィンと戦ったときに使った手だ。

視界を遮《さえぎ》り、背後から不意打ちを浴びせかける。

シンプルな作戦だが、これで間合いに入ることができた。リィンはナイフを翻し、さらなる追撃を行うのだが――。

「もういっちょ！《天――っ⁉」

「しもべよ！」

ベアトルージュが怒声を飛ばす。

それと同時に周囲で棒立ちになっていた魔道騎士が動きだした。

彼らはベアトルージュを守るようにしてその前に躍り出て……リィンの刃がぴたりと止まる。

その一瞬を、敵が見逃すはずがなかった。

「《紅血縛《ブラッディバインド》》！」

「きゃっ⁉」

突如として上がった火柱がリィンをのみ込む。

悲鳴ごと茜色《あかねいろ》の向こうに消えた彼女に、クロウははっと息をのむのだが――。

「まったく……油断も隙もありませんわね。乙女の柔肌に傷をつけるなんて」

「あ、あれ……？」

やがて火柱がふっと消え去り、あとには床に腰を落としたリィンの姿があった。

あれだけの業火《ごうか》に巻かれたというのに、その身には火傷《やけど》のひとつもない。

リィンも目を瞬《しばたた》かせて身体をあちこち触ってたしかめる。

「ど、どうして……？　全然熱くない……」

「当然ですわ。わたくしの炎は変幻自在。わたくしの意志ひとつでどんなふうにもできるんです。温度を変えることも……形を変えることも」

「っ、なによこれ……⁉」

リィンがはっと気付き、首元に手をやる。

彼女の細い首をぐるりと囲むのは燃え盛る炎の帯だ。

それは白い肌をわずかにも焼いていないようで、赤く爛《ただ》れる様子はない。

そして、その首輪からは炎のリードが伸びている。

リードの端を握るのはベアトルージュだ。三日月形にした口の隙間から赤い舌が覗く。

そのままリィンの顔に鼻を近付けて、「ふうん」と目を細めてみせた。

「あなたについた匂《にお》いからすると……あの美味しそうな彼は怪我をしているようですね。今はその回復を図っているところでしょうか？」

「だったら……どうだっていうのよ」

「決まっています。そんなの……待っていられません！」

突如として紅《くれない》の首輪が燃え上がり、リィンの全身を炎が包み込む。

しかしそれも一瞬のことだった。紅蓮《ぐれん》が収まった後には――。

「ひっ……⁉」

リィンがまとっていたワンピースは跡形もなく炭と化していた。

それどころか下着すらぼろぼろと崩れ落ち、一糸まとわぬ姿となってしまう。

あわてて体を隠そうとする彼女に目もくれず、ベアトルージュは高らかに叫ぶ。

「さあ！　我がしもべたちよ！」

その声に、魔道騎士たちが再度そちらを向く。

いや……よく見ればそれに反応したのは男性のみのようだった。

ベアトルージュはリィンを真っすぐ指さし、嬉々《きき》として続ける。

「この女を汚して穢《けが》して、犯しつくしなさい！」

「な、にっ……！」

リィンの顔が一瞬で凍り付く。

ベアトルージュの言葉に従って、男性の魔道騎士たちはリィンへにじり寄っていく。

先ほどまでなんの意志も映していなかったはずの彼らの瞳には、いつの間にか情念の炎が宿り、獲物を求めてくすぶり始めていた。

「まあ、この程度ならかすり傷のようなものなのですけど」

ベアトルージュは腕を拾い上げ、無造作にその断面を合わせてみせる。

そうして小さな炎が立ちのぼれば……服ごと元通りに治癒されてしまう。

「あなたにはたっぷりお礼をさせていただかないと。彼をおびき出すエサにもなって一石二鳥というやつですわね」

「ひ、卑劣《ひれつ》な真似《まね》を……！」

「うふふ、なんとでも言うがいいですわ。ああ、そう。逃げるのは許さないけど……抵抗するならお好きにどうぞ。同族を傷つけてもいいのならねえ！　あはははは！」

ガラスを引っ掻《か》いたような、ひどく調律の狂った笑い声があたり一帯に響き渡る。

リィンは尻《しり》もちをついたまま後ずさろうとする。

しかし炎の首輪のせいで、まともに逃げることも叶《かな》わない。

操られた魔道騎士たちの歩調は遅々としたものだが、リィンとの距離はゆっくりと縮まっていく。彼らの伸ばした手が彼女の肌に触れるまで、もうわずかな猶予《ゆうよ》もない。

そのすべてを――クロウは影の中で、無言のまま見つめていた。

「……」

足の回復はまだ終わっていない。赤く爛れた患部は激痛を訴える。

だがそれとは関係なく、クロウはその場から踏み出すことがどうしてもできなかった。

(俺は……あそこに出ていく理由なんてないはずだ)

先ほどはただ雰囲気に流されてリィンを救ってしまっただけのこと。

だが、彼女は殺すべき相手だ。本来なら助ける必要などあるはずがない。

それを今のクロウは冷静に、正しく理解できている。

それに彼女も言っていたじゃないか。『自分が勝手にやること』だ、と。仇敵《きゅうてき》が勝手に自滅してくれるのだ。それを止めるなんて愚行以外のなにものでもない。

だからクロウは拳《こぶし》をかたく握りしめながら、静観を選ぶ。

しかし――。

「っ……や、やめて……来ないで……!」

「っ!」

リィンの悲鳴が耳朶《じだ》を打つ。

その声が、クロウの臓腑《ぞうふ》の奥底に鋭く深く突き刺さった。

首筋がぶわっと粟立《あわだ》ち、それが一瞬で全身に広がる。

手足を痺《しび》れさせたのは、憎い敵が苦しむことへの歓喜などでは決してなかった。

自分の身体をひしと抱きしめるリィンへと、ひとりの男の手が伸びる。

それが彼女に触れるか否《いな》かの瞬間。

クロウの視界は激しくぶれる。そして——。

「その女に……手を出すな!!」

気付けばクロウは影の中から勢いよく飛び出していた。

強化魔術を施した四肢《しし》でもってして、高く宙へと踊り出る。

「やっと出てきてくれましたわね!」

「く、クロウ!?」

割れんばかりに響くのはベアトルージュの歓喜の声。

その足元でぽかんと目を見張るリィンと、クロウは刹那《せつな》、目が合った。

涙に濡《ぬ》れたその瞳が大きく揺れる。それがいったいどういった感情に根ざしたものなのかを図る前に、ベアトルージュの身体からあでやかな紅蓮《ぐれん》が弾け飛んだ。

「さあ! おとなしく……このわたくしに骨の髄まで食べられなさいな!」

空を切り裂き飛来するのは数多《あまた》の炎弾。

自然界ではありえない灼熱《しゃくねつ》。万物をのみ込む地獄の劫火《ごうか》。

おまけにそれは術者の意のままに動き、変化《へんげ》するという。

そんな恐るべき炎を相手どるなんて……ひどく簡単な話だった。

「我が手が紡《つむ》ぐは万象の糸! 影導魔術第四階梯!」

着地するとともに、呪文を解き放つ。

それと同時に足元の影がぐにゃりと歪《ゆが》む。

否《いな》。クロウの影だけではない。部屋のすべての影がゆらめいて、そして――爆《は》ぜる。

「《影幕帳《シャドーウォール》》！」

「なっ……!?」

瞬間。空間のすべてを黒が覆った。あたりを一部の隙《すき》もなく埋め尽くす漆黒《しっこく》の正体は、膨らみ爆《は》ぜた影である。数センチ先すらまともに見えない、新月の夜のような闇が落ちる。

燃え盛る炎でさえも、その闇の中ではうすぼんやりとしか光らない。

（炎を自在に操れるってことは……敵を目視しないと対処ができないってことだろ！）

げんに、リィンとの戦いでも背後からの不意打ちには対応が遅れていた。自動で敵の攻撃を防ぐような芸当は不可能なのだ。

狙い通り、飛んできた炎はすべてクロウをかすめて、あらぬ方へと飛んでいく。

標的の姿が消えてベアトルージュは困惑しているようだった。

あちらからはクロウの姿は闇に溶けて見えないことだろう。

だが、クロウにはベアトルージュの居場所がはっきりとわかっていた。

それを示すのは細い紅蓮の帯。

リィンの首につながれた炎のリードだ。

炎の道標に導かれるままに、巻き起こる風よりも早く疾駆《しっく》する。次の手はもう打っていた。

「我が手に宿りて、貫け万理！」

大きく闇が蠕動《ぜんどう》する。

踏み込みも、間合いも完璧だった。

ベアトルージュが気配に気付いたときには、すでに魔術は完成していた。

「影導魔術第五階梯――」

「くっ……！」

熱気が瞬時に膨れ上がる。

だがしかし、クロウはかまわず魔術を解放する。

瞬《また》く間もなく闇が晴れ、クロウの手元に凝縮される。それが形作るのは漆黒の剣。

光をわずかにも反射しない、シルエットだけの刃である。重さをまるで感じさせない虚構の剣をしかと握りしめ、クロウは大きく床を蹴りつけ――鮮烈な突きを放つ！

「《虚影真円斬《シャドーブレイズ》》！」

「がっ……あ⁉」

影の切っ先は、炎の壁ごとあっさりとベアトルージュの胸を貫いた。

肉を抉《えぐ》り、骨を断つ、たしかな感触。

炎の壁が霧散すると同時に、クロウは剣を消し去った。

その胸に空いた大穴からは、向こうの景色が覗いている。

やがてベアトルージュの瞳から光が消える。そのまま女は口からおびただしい鮮血を吐き出して……糸が切れたあやつり人形のように、ぐらりと倒れて床に伏した。

瞬間、ほかの魔道騎士たちも同じようにその場に倒れ込む。

場は一瞬で静まり返った。血だまりに沈む女は、もはやぴくりとも動かない。

それを見下ろして、ようやくひと息つくのだ。

「ふう、なんとかなっ……いっっってえええええ!?」

足に激痛が走り、奇声とともに床に倒れる。

半端《はんぱ》に治っていた火傷《やけど》は全力疾走したせいで完全に悪化し、膿《うみ》と血にまみれひどいありさまとなっていた。どうやら先ほどまではアドレナリンのせいで痛みを感じなかったらしい。

あわてて白魔術をかけて治療を再開する。

「あーもう……骨は無事っぽいのが不幸中の幸いか」

「く、クロウ……?」

そこで、控えめな声がかかった。

床に腰を落としたまま、リィンが信じられないものでも見るかのように目を丸くしている。

「ど、どうして出てきたのよ……まだ、傷が治っていないのに」

「……俺の方こそ聞きたいことがある。でもその前に……これでも着とけ」

「わわっ……あ、ありがと」

上着を脱いで投げ渡してやれば、リィンはそれを受け取っておずおずと素肌の上にまとった。

とはいえ、ないよりマシといった程度だ。

もじもじとすり合わせる白い素足を見やって、クロウは深々とため息をこぼす。

「おまえなあ……どうして俺を売ろうとしなかったんだ。そうすれば助かったかもしれないのに」

「そ、そんな卑怯《ひきょう》なことできるもんですか。ご先祖様に申し訳が立たないわ」

「バカ真面目《まじめ》のお人好《ひとよ》しめ……」

「うるさいわね。それより……あなたこそ、どうして私を助けたのよ。あんな無茶までして」

「そうだな……理由なんてシンプルだ」

次第にクロウの火傷は、元通り健康的な肌へと変わっていく。

魔術があればこの程度の怪我は完治が可能だ。

だがリィンが怪我をした場合、魔術で治すことはできない。

心の傷なんて……もっと治りにくいだろう。

「ほっとけなかった。それだけだ」

「……あなたも常識外れのお人好しじゃないのよ」

「うるせえ」

自分でもそう思うので、顔を背《そむ》けることしかできなかった。

そんなクロウの耳にくすりとささやかな笑い声が届く。

「……でもなんだか、ようやくわかった気がするわ」

「は？」

「やっぱりあなたは……私を裏切って、世界を滅ぼした『クロウ』じゃないんだな、って」

クロウを見つめて、リィンは微笑む。

「だから私、あなたのこと……もうすこしちゃんと信じてみようと思うの。あっ、でもやっぱり未来のために邪魔だってわかったら、絶対殺すから！　それだけは覚えときなさいよね！」

「ふっ……あんな目に遭ったたっていうのによく吠《ほ》えるなあ」

リィンの物言いは物騒だが、クロウの口元には自然と笑みが浮かんでしまう。

敵を倒した安心感で、すっかり気が緩《ゆる》んでしまったらしい。

だからこちらも口を滑らせてみるのだ。

「そうだな。俺も、おまえを――っ⁉」

「っ、危ない！」

想《おも》いを口にしようとしたその瞬間。

背筋を通り抜ける鋭い悪寒とともに、クロウの身体に衝撃が走る。突然リィンが駆け出して
クロウを突き飛ばしたのだ。わけもわからず床を転がり、あわてて顔を上げてみれば――そ

こには目を疑うような光景が広がっていた。

「ぐっ、う……⁉」

「リイン⁉」

苦痛に顔を歪めるリィン。

その背後から、彼女の首筋に牙《きば》を突き立てるのは――。

「ベアトルージュ⁉」

「あっ、はぁ！」

リィンをこちらへ突き飛ばし、ベアトルージュが哄笑《こうしょう》を上げる。

口の端から血を滴《したた》らせる女の胸には、たしかにクロウが穿った大穴が開いていた。しかしそれが瞬く間に塞《ふさ》がっていき、あっという間にドレスすらも元通りに直ってしまう。

魔族の生命力は高いと聞く。

だが、まさかここまでとは……。

「はあ……こっちの世界は瘴気が薄いから、傷を治すのもひと苦労ですね。ここまでのダメージを受けたのも何百年ぶりですし」

リィンを抱き留《と》めたクロウに、ベアトルージュは目を細めて微笑みかける。

その両目は充血しきっており、燃えるように紅《あか》い。

「人間のくせにやりますね、あなた。ますます気に入ったわ。ご褒美《ほうび》に……！」

女が吠えた刹那、あたりの血だまりから劫火が高く吹きあがった。

それはふたりを囲むように広がって退路を断つ。

灼熱《しゃくねつ》を孕《はら》んだ風が、火花を舞い上げて荒れ狂う。

「ただ食い殺すだけで終わらせるもんですか！　その女もろとも……たっぷり殺し尽くしてあげる！」

ベアトルージュは人差し指をリィンに向ける。

狂喜に歪んだ笑みで高らかに告げることには――。

「さあ！　まずは新たなるしもべよ！　その男と……殺し合いなさい！」

「くっ……！」

先ほど操られていた魔道騎士たちの光景が脳裏をよぎる。

まもなくリィンも彼らと同じように正気を失い、襲いかかってくることだろう。

だがクロウは彼女から離れることがどうしてもできなかった。

「大丈夫か！　リィン⁉」

「うっ、うう……う」

クロウの腕の中で、リィンは噛まれた首筋を押さえて俯《うつむ》いている。

やがてその口元からこぼれ出るのは――。

「い、いたい……」

「……は？」

そんな、涙ながらの泣き言だった。

リィンはいつまでたってもぷるぷると震えるばかりで、豹変《ひょうへん》する兆しもない。

おかげでクロウは目を白黒させてしまうのだ。

「え、おまえ……なんともないの？」

「なんともなくないわよぉ！　噛まれたのよ!?　注射より痛かったし……ほら見なさいよこれ！　血だってまだこんなに出てるし！」

「わ、わかったから落ち着けって」

目をつり上げて、ぐわっと迫るリィンをあわてて宥《なだ》める。

受け答えははっきりしているし、暗示にかかっているようにはとうてい見えなかった。

おかげでクロウだけでなく、ベアトルージュまでもが眉《まゆ》をひそめてみせるのだ。

「あら……？　なんでわたくしの暗示が効かな……っ!?」

そこで突然。クロウたちを取り囲む炎が大きく揺れた。

攻撃か、と咄嗟《とっさ》にリィンを抱き寄せる。しかし、違う。

「がっ、は、あぐ……!?」

燃え盛る焔《ほのお》に照らされながら、ベアトルージュが体を折り曲げてもがき苦しむ。

口から吐き出されるのは、まるで重油のように濁った血液だ。細い少女の体躯《たいく》に収まるはずもない夥《おびただ》しい量が、びちゃびちゃと床を汚していく。

美しい顔を壮絶なまでに歪ませて、ベアトルージュはリィンをにらむ。

その目に浮かぶのは……色濃い恐怖としか呼べないものだった。

「なんですの、この血は……！　あなた、いったい何者、なの……⁉」

「へっ、え……？」

「そんなっ、わたくしの魔力が、喰《く》われる……！　いっ、い――やあああああああああ⁉」

耳をつんざく悲鳴とともに。

ベアトルージュの身体から漆黒の炎が吹きあがり、視界のすべてを埋め尽くした。

クロウはリィンを抱きしめておもわず目をつむってしまう。

だが、ついに熱波が肌を焼くことはなかった。

気付けばふたりは元のグラウンドに座り込んでいた。

あたりには大勢の魔道騎士たちが倒れていて、あの奇妙な屋敷は影も形も消えている。もちろんベアトルージュの姿もどこにも見当たらない。

「逃げた、のか……？」

嘘のように晴れ渡った静かな空のもと、クロウの声が響く。

あたりを見回すも、異変はなにも見当たらない。

やがて腕の中のリィンがそっと首筋の傷に触れる。

指先についた血をじっと眺めて……。

「私の血を……飲んだせいで?」

そう、消え入りそうな声でつぶやいた。

七章　秘された想い

World End Chronicle
Before you betray the world

ある日の昼下がり。

リィンの屋敷のとある一室で、クロウは調べ物に追われていた。

本棚で埋め尽くされた広い部屋だ。天井《てんじょう》まで伸びた棚は隙間《すきま》なく本が詰め込まれていて、そこからあふれた書物が床のあちこちで山を形成している。ほとんど足の踏み場もない。

空気もひどく淀《よど》んでいて、窓から差し込む光もどこかくすんでいた。

だがクロウには見慣れた光景だ。

雪のように積もった埃《ほこり》を気にすることなく床に座り、分厚い本のページをめくっていく。

「うーん……これも違うか」

本をぱたんと閉じて、右隣の山へと積み上げる。

すべて、今日読み切った本である。座ったクロウの頭より高くそびえる山を見上げれば、自然とため息がこぼれ出た。これだけ当たっても、今のところ調べ物の成果は芳しくない。

「ま、他《ほか》にあてもないし……気長にやっていきますか」

次の本に手を伸ばそうとした、そのときだ。

「おいこら」

「うわっ——あだだだだだ!?」

突然声を掛けられて飛び上がる。おかげで手が滑って山が崩れ、その下敷きとなってしまった。どれもしっかりした装丁の本だったので地味に痛い。

「いってえ……あれ?」

「よう、クロウ。ごきげんいかが?」

本の雪崩《なだれ》から這《は》い出《だ》して顔を上げれば、そこにはトリスが立っていた。

眉《まゆ》をかすかに持ち上げたその表情は、見るもわかりやすい不機嫌顔で。

クロウは首をかしげつつ、彼女を見上げるしかない。

「え、なにか用ですか……?　今日は俺《おれ》、非番のはずですよね?」

「ああ。たしかに非番さ。やることないなら、屋敷に来てもいいとも言った。でもさあ……あたしの書庫を使うっつーのなら、せめて一言断りを入れろよな。なにを勝手に入り込んでやがるんだ」

「えっ。だって、いつでも好きに入っていいって言いましたよね?」

「はあ?　んなこと言った覚えはねえよ。寝ぼけてやがんのか?」

「そんなはずは……あっ」

そこで顔からさーっと血の気が引いていく。

クロウは慌ててその場で姿勢を正し、ぺこぺこ頭を下げるしかない。

「す、すみません勘違いしてました！　許可を得たのは未来の話です……！」

「ああ、なるほどね」

トリスは興味深そうに目を細める。

「未来からの帰還者ってのも厄介なものだねえ。サクラなんかはあれで案外鋭いし、気を付けた方がいいんじゃないかなあ」

「……肝《きも》に銘じます」

「まあいいさ。今回ばかりは許してやんよ」

いたずらっぽくウィンクしてみせるトリスだった。

「なんせ、こないだは大活躍だったみたいだしな。うちのリィンも守ってくれたし」

「あはは……そう言っていただけますと幸いです」

あの魔族との一戦からは十日ほどが経過していた。

騒動は無事に集結し、囚《とら》われていた魔道騎士たちはみな解放された。

全員が貧血などの健康被害を訴えていたものの、しばらくすれば問題なく日常生活に戻れるはずだと聞いている。

だが、それでめでたしめでたし……というわけにはいかなかった。

なにしろ領内、しかも魔道騎士の支部に魔族が出現したのだ。

それだけでも十分なビッグニュースだというのに、さらにそれを新米魔道騎士がたった、ひと、り、で倒したというのだから、どこもかしこも上を下にするような大騒ぎになっている。

クロウは連日あちこちに呼ばれて、ようやく今日になって暇ができたのだ。

「なんだよ、おまえさんひとりの手柄になってるのが不満なのか？　だってしかたないだろー。うちのお姫様があの場にいたなんて知れたら、もっと騒ぎになっちまうもん」

「それはさすがにわかりますよ。そんなことより……気になる事があるっていうか」

「ふーん。こないだの事件がらみ？」

「そんなところですね」

トリスは気のない様子で相槌《あいづち》を打ってみせる。

彼女は半《なか》ば朽《く》ちかけた椅子《いす》に腰を落とし、クロウを見上げる。

「ちょうど暇だし聞いてやろうじゃないか。言ってみなよ」

「疑問は三つあって……まずひとつ目。あの事件の黒幕は誰《だれ》か」

「うん？　そいつはあれだろ、ベアトルージュっていう魔族が犯人だろ？」

「実行犯はあいつです。ですが、あいつを陰で操《あやつ》ったやつがいるはずなんです」

ベアトルージュはこう言っていた。

美味《おい》しい人間があのあたりにいると、同胞から聞いたのだ……と。

その情報のせいで、クロウたちは彼女と対立するはめになってしまったのだ。

「ふたつ目。黒幕がいるとしたら、その目的はいったい何なのか」

ふたりが巻き込まれたのが、ただの偶然とは考えにくい。

どちらかを狙《ねら》ったものだと仮定するのが妥当だが……そうなると、ますます話がややこしくなってくる。

「俺もリィンも、魔族から狙われる覚えなんてないんですよね。だからさっぱりお手上げでして」

「ふうん。『誰が』、『どうして』……か。なんだかミステリアスな話だねえ」

「どうですか、トリス様。何百年と生きてきた分知恵もあることですし、びしっとこの謎《なぞ》を解決できたりしませんかね？」

「たしかに情報網ならいくらでもあるさ。ただし……」

トリスは肩をすくめてみせる。

「あたしも独自に調べてはみたが、ほかに魔族が動いた様子はないんだよ。そもそも情報ならおまえさんたちの方が精通しているはずだろ。未来から来たんだし」

「そこも問題なんですよ。俺たちの知っている歴史では、こんな事件は起こらなかったはずなんです」

魔道騎士の支部を完全に制圧してしまうような大事件だ。

緘口令《かんこうれい》が敷かれたにしても、二百人以上が巻き込まれたともなれば、噂《うわさ》のひとつやふたつ流れていてもおかしくはない。

それなのにクロウにそんな記憶は一切《いっさい》ないし、リィンもまた知らないということだった。

「未来の知識があることが、俺たちの最大のアドバンテージでした。でもこんなイレギュラーが発生した以上……どこまで頼りにしていいものやら」

「ええー、マジかよ。そいつは大変じゃん」

トリスはげえっと顔をしかめて唸《うな》る。

それは当然だろう。クロウとしても未来の知識が通じないというのはかなりの痛手で……。

「せっかくおまえらに、将来高騰する土地とか株とか聞いてみようと思ったのにさー。楽して大儲《おおもう》けできるチャンスがふいになったじゃん」

「トリス様……？」

「なはは、じょーだんだって。そーそー、気になることは三つあるんだろ。あとのひとつは？」

「誤魔化《ごまか》そうったってそうは……うん？」

そこで、窓の外からかすかな声が聞こえてきた。

なんとはなしに覗《のぞ》いてみれば、庭先にガーデンテーブルが出されるところだった。

運んでいるのは魔道人形のメイドたちで、そのあとからバスケットを抱えたサクラとリィンが現れる。

ちなみにいつぞやの夜に刻まれた地割れは、きれいさっぱり直っていた。

「ああ、どうやらサクラがお茶に誘ってくれたらしくてね。リィンのやつ、最近元気がないだろ？　気晴らしになれば、ってことらしい」

トリスも窓枠に頬杖《ほおづえ》をついて庭を見下ろす。

「ひょっとして……三つ目の気になることって、あいつか？」

「そのとおりです。でも、これが一番意味不明で……」

クロウはため息をこぼすばかりだ。

これまでの話は事件の黒幕について。

だがこれ以降は……事件が残した大きな謎についてだった。

「ベアトルージュはリィンの血を飲んで、血相を変えて逃げ出した。その理由が、どうしてもわからないんです」

あれだけやっても倒せなかった高位魔族が、自ら撤退を選んだのだ。

尋常でない理由があったのはたしかなはず。

それを調べようとして、クロウはこの部屋に籠《こも》っていたのだ。

「あいつがふさぎ込んでいるのもそのせいですよ。なんせ自分の身体の異変でしょ？　俺に突っかかる元気すらないんだから、調子狂うってもんですよ」

げんにリィンの笑顔は今もぎこちなくこわばっているようだった。

おおむね気丈に振る舞っているものの、やっぱりいつもより覇気がない。

ひとりになった瞬間などに、ふと物憂げな表情を見せるのだった。

「このまま糸口が見つからないようなら、いっそ病院で検査を受けさせてみるのもありかと思ってるんですけど……トリス様はどう思い――」

「なあ、クロウ」

冷えた声が部屋の空気を切り裂いた。

はたとクロウが口を閉ざせば、トリスは探るような鋭い目でこちらをじっと見つめてくる。

「おまえさん、その言い分だとまるでリィンを心配しているみたいじゃないか。あいつを殺すんじゃなかったのかい？」

「……それは」

クロウはすこし言葉を詰まらせて、ため息をこぼす。

「どうも……わからなくなってきていまして」

「ほう？」

「俺はたしかに、リィンがこの国を、世界を滅ぼすところを目撃しました。でもここしばらくあいつと接してみて……思い出したんです。あいつはそんな恐ろしいことができるようなやつじゃなかったな、って」

怪我《けが》をしたクロウを庇《かば》うため、リィンは我が身をかえりみることなくたったひとり敵に立ち向かった。その姿はどこまでも真っすぐで……そんな彼女が世界を滅ぼすなんて、悪い夢に思えてならなかった。

クロウはもう指輪の制約がなかったとしても、彼女の寝首を掻《か》ける気がしないのだ。

「だから今は……あいつを殺さずに未来を変える方法があるなら、それに越したことはないかなって。そう思うんですよね」

それが嘘《うそ》偽らざるクロウの本音だった。

トリスはそれに「ふうん」と相槌《あいづち》を打つ。

「そういう展開か……なるほど。だったら……」

「……トリス様？」

しばしふたりの間に不可思議な沈黙が落ちる。

トリスは床に目線を落とし、クロウにもかまうことなくぶつぶつと何事かをつぶやき続けた。

自分はなにかまずいことでも言っただろうか……とクロウが不安になったころ。

重い沈黙をトリスが破る。

「クロウ、三日後に顔を貸せ。そこでちょっくら……話がある」

さて、屋敷の中でそんな会話が繰り広げられているころ。

「……はあ」

晴れ渡った空のもと。

リィンはカップを片手に、小さなため息をこぼすのだった。

それを見てサクラが眉をへにゃりと下げる。

「リィン様……お誘いしたの、やっぱりご迷惑でしたか？」

「えっ、あ、そんなことないわよ。ただちょっと……考えごとしちゃって、あはは……」

作り笑いを浮かべて紅茶に口を付けてみるが、いまいち味もわからなかった。

おもわずサクラから目をそらして首元をさする。

あの日、ベアトルージュに嚙《か》まれた傷は、膿《う》むこともなくほとんど塞《ふさ》がってしまっていた。

だがしかし、魔族が自分の血を吸ってあれだけ取り乱したのだ。

気にならないはずもなく……。

（そ、それに……この子とどんな話をしていいかもわからないし）

同じ年頃《としごろ》の女の子と、一対一でおしゃべりするなんて初めての経験だ。

まともな話題が浮かぶはずもなく、リィンはちまちまと紅茶を啜《すす》ることしかできなかった。

「……リィン様。ちょっと、質問してもいいですか？」

「う、うん？　なにかしら……？」

そんな折、サクラが改まった様子で切り出した。

彼女の面持ちはどこか硬く、ただならぬ空気が漂い始める。

おかげでリィンは小首をかしげるのだが……。

「リィン様って……クロウくんのこと、好きなんですか？」

「ぶふーーーーーっっっ！」

美しく手入れされた植え込みに紅茶のしぶきが舞い、小さな虹ができる。

紅茶が気管に入ってむせるリィン。

それを見て、サクラは重々しくうなずくのだ。

「やっぱりそうだったんですね……」

「げほっ、がふっ……！　ちがっ……っていうかなんで⁉　なんでそんな話になるわけ⁉　私が⁉　誰を好きだって⁉」

「えっ、クロウくんのことですけど。だから最近、考え込んでらっしゃるのかなーって」

「天地がひっくり返ってもありえないわよっ⁉」

カップをソーサーに叩《たた》きつければ、思ったより大きな音が響いてしまった。

リィンは頭を抱えるしかない。

（たしかにあいつのことを一度は好きになったし、この前の一件でちょっと見直したかもしれないけど……ま、また好きになるなんて……ありえるわけないでしょーが！）

協力関係を結ぶのは、悪くないと思う。

だがそこまでだ。決して、個人的な感情を抱くには至らない。

そうだというのにサクラは眉根《まゆね》にしわを寄せてみせるのだ。

「でもでもリィン様、クロウくんとこっそりお話ししてますよね？　クロウくんのこと、じーっと見てたりもしますし」

「うぐっ、そ、それはその……」

たしかに先日の一件以来、よく話しかけるようになったし、ふとした瞬間に彼を目で追っている自分に気付くこともある。

（で、でもだからって……好きなわけでは……！）

言葉に詰まったリィンになにを思ったのか、サクラは慌てたように付け加える。

「あっ、ご安心ください。他言するつもりはありませんし……その、私はクロウ君とは幼馴染《おさななじみ》で、長い付き合いですから……えっと、その……うん！」

そこでサクラはすこし言いよどむ。

しかしかぶりを振って、満面の笑みで言い放つことには――。

「だからいろいろアドバイスとかできると思います！　全力で……応援させてください！」

「勝手に話をぐいぐい進めないでくれる!?　そもそもその前提からして……は？」

そこで、リィンは目を瞬《またた》かせるのだ。

「いやあの、なんで応援……？　サクラはそれでいいわけ？」

「え、なにがですか？」

「だってあなた……彼のこと好きでしょ？」

「へ」

サクラはぽかんと固まって――。

「っっっ～～～⁉」

声なき悲鳴を上げて、顔を真っ赤《まっか》に染めてしまう。

リィンもたいがい誤魔化し方が下手《へた》な自覚があるが、サクラもサクラでよっぽどだった。

「な、なんのことですか……？ わ、たしはべつに、クロウくんのことなんて、なんとも思ってませんですし……」

「えっ。隠してるつもりだったんだ、あれで」

「ぐ、ううう……！」

おもわず素で聞いてしまえば、サクラは顔を覆《おお》ってうなだれてしまうし。

形勢逆転だ。リィンはやれやれと肩をすくめてみせる。

「私が彼を見てるって言うなら、あなただってガン見じゃない。しかもハートマークのついた熱視線。あれに気付けないのはバカか魔道人形くらいなものよ」

「そ、そんな視線送ってませんってば！ ただの幼馴染！ ただの幼馴染ですから！」

「ただの幼馴染はね、男の子の寮まで朝起こしに行ったり部屋を掃除したり、休みのたびに家に呼んで手料理を振る舞ったりしないのよ」

「なっ……なんでリィン様が知ってるんですか⁉ ひょっとしてクロウくんから……⁉」

「さあ、どうでしょうねえ」

「あわわわわ……！」

　くすりと意味深に笑ってみせれば、サクラはますます茹《ゆ》でタコのようになってしまう。

クロウから聞いたのかというサクラの予想は、半分正解で半分ハズレだ。

（だって……あいつからよく話は聞いてたし）

この時代にいるクロウではない。リィンが元居た世界の、裏切った方の『クロウ』だ。

たとえば彼とはこんな話をした。

『ねえ、クロウ……ちょくちょく話に出る、そのサクラって子とどういう関係なの？』

『へ？　ただの幼馴染だけど』

『ウソおっしゃい！　下心なしでそこまで甲斐甲斐《かいがい》しく世話を焼いてくれるただの幼馴染なんていているわけないでしょ！　絶対その子、あなたのこと好きなんだから！　そういうものだって、この本に書いてあったもの！　ほら！』

『なになに……【あなたのカレは大丈夫？　ドンカン系彼氏に近付く泥棒ネコ百選！】……またトリス様だな？　こんな変な本どこから仕入れてくるんだか……』

『町の本屋で大量に平積みされてたって言ってたわよ』

『世も末だなあ。あのな、ひきこもりのお姫様は知らないだろうけど、こういうゴシップ系は真に受けちゃいけないもんなんだよ。それに、おまえが心配するようなことは一切ないから安心しろって』

『……あなたがそう言うなら信じるけど』

『よし。ところで今日は早上がりするからよろしくな』

『別にかまわないけど珍しいわね。なにか用事でもあるの？』

『いや、サクラがアップルパイを作りすぎたから食いに来いって。あと親父さんにも久々に顔を見せなきゃ……って待て、なんでおもむろに花瓶《かびん》を振りかぶる？』

『完全に婿《むこ》養子ポジションじゃないのよ！　あなたの恋人はその子⁉　それとも私⁉』

『そんなの決まって……待て待て待て！　その恋人を殴り殺す気か⁉』

以上。回想終了。

ほかにもいろんな話を聞いた気もするが……それに付随する痴話喧嘩《ちわげんか》の記憶があまりに恥ずかしすぎるので、これ以上は思い出さないようにする。

ともかくそんなふうにして、サクラの気持ちは会ったことのないリィンですらわかりやすいものだった。それなのに恋敵を『応援する』なんて……不可解としか言いようがない。

「ひょっとして、そんなに本気でもなかったの？　ぽっと出の女にあっさり譲ってしまえるくらいには」

「そんなことありません！　私はちゃんとクロウくんのこと……あ」

「ほら、やっぱり好きなんじゃない」

「うっ、ううう……言っちゃったあ……」

サクラはがっくりと項垂《うなだ》れてしまう。

「そうです……クロウくんのこと、昔からずっと……す、好きでした」

「素直でよろしい。でも、だったらなんであんなこと言い出したのよ」

「それは、その……」

もじもじと視線をそらすサクラ。

だが、やがて観念したようなため息とともにぽつぽつと語りだすのだ。

「……私、クロウくんとは幼年学校で知り合ったんです」

「え？ それも知ってるけど……」

急に話題が飛んでリィンは小首をかしげるが、そのまま彼女の話に耳を傾ける。

「私、昔っから人見知りが激しくて……それで心配したお父さんが、公立の幼年学校に行くように勧めてくれたんです。いろんなタイプの子が集まるから、私でも気の合う友達ができるだろうって」

そこで言葉を切って、サクラは苦笑する。

「でもやっぱり子供心に、ちょっと違う家の子はわかるみたいで……私、浮き気味になっちゃったんですよね」

ナデギリ家は国内でも有数の名家である。

おまけに父親が魔道騎士司令官ともなれば、騎士を親に持つ子たちは萎縮してしまう。

それが他の子供にも伝わったのか、入学して半月もすればサクラに話しかけてくる生徒は皆無になったという。

サクラはそれでも友達を作ろうと努力したのだが……。

「それで、私……あのころは魔術が苦手で。授業でもクラスでひとりだけ、小さな火の玉を出すこともできなかったんです。そしたら……」

教室は不自然なまでに静まり返った。

表立ってからかったりすれば角が立つ。

子供心にそう感じたのか、誰もサクラを指さしたり大声ではやし立てたりもしなかった。

ただこっそり影から指をさし、くすくすと声をひそめて笑う。

それらの小さな悪意がサクラの胸を刺し貫いて……目の前が真っ暗になったのだった。

それを聞いてリィンがガタっとソファを立つ。

「ひどい話ね！　私がその場にいたら、そんな悪ガキたちなんてとっちめてやったのに！」

「ふふ。ありがとうございます。でも、今のリィン様みたいに……そんな中で立ち上がった男の子がいたんですよね」

「へ？」

その少年はおもむろに教壇に立って、魔術の火の玉を生み出してしまったという。

それは先生が例として出したものより何倍も巨大で――。

呆気《あっけ》にとられたその場の全員に、彼はあっさりと言い放つ。

『おまえらこいつを笑える身かよ。俺よりみーんなザコなのにさ』

にやっと笑った彼に対して向けられたのは、盛大なブーイングで。

サクラはそれをぽかんと見つめることしかできなくて。

胸の痛みは、いつの間にか消えていた。

「それが、あいつだったってわけ……？」

「……はい」

クロウも孤児院出身の子供ということで、クラスで浮き気味だったらしい。

しかしそれがきっかけにふたりは話をするようになり、サクラの魔術の特訓にも付き合ってくれたという。

「おかげで次の授業ではきれいな火の玉が出せたんです！　でもクロウくんにお礼を言っても『おまえが頑張ったからだろ』って言うばっかりで」

「それは……なんともドラマチックな思い出ね」

「えへへ。だからですかね。気付いたら……好きになっていました」

サクラは恥ずかしそうにはにかんでみせる。

それでも自分の気持ちと向き合う強さを感じて……リィンは、なぜかすこし息が詰まった。

「クロウくんは私のことを、ただふつうの女の子として扱ってくれたんです。それがすっごく……うれしかったんですよね」

「……わかるかもしれないわ」

リィンはそれに、相槌《あいづち》を打つのがやっとだった。

（そうよね、あいつは……そういうやつよね）

クロウはリィンのことを、まるで普通の女の子のように扱ってくれた。

だから幽閉に近い日々も、魔神の呪《のろ》いも、彼と一緒にいれば忘れられた。

きっと特別意識してやったことではないのだろう。ただ目の前にいる誰かが不幸だったから。

それっぽっちの理由で行動できることがどれだけ尊いことなのか、彼はたぶんわかっていない。

「そんなクロウくんなら……リィン様の支えになってくれるかな、って思ったんです」

「は……い？」

サクラの言葉がのみ込めず、リィンは目を白黒させた。

しかし……すぐに素《す》っ頓狂《とんきょう》な声を上げてしまうのだ。

「っ、そんな理由⁉　そんな理由であなた、自分の恋を諦《あきら》めるっていうわけ⁉」

「でも、好きな人と好きな人が幸せになるなら、私はそれで満足ですから」

サクラは胸を張って言い切るのだが……へにゃりと眉を下げて笑う。

「それに最近のクロウくんって、すごい活躍ばっかりしてるじゃないですか。私なんかじゃ釣り合いませんよ。その点、リィン様ならきっとお似合いで――」

「……サクラ」

「へ、は、はい？」

低い声で名前を呼べば、サクラははっと背筋を正してみせた。

そんな彼女へ、リィンはテーブルから身を乗り出して……。

「ていっ」

「はうっ⁉」

軽いデコピンを見舞ってやった。

額を押さえ、サクラは目を潤ませる。

「あうう……な、なんでですか⁉」

「いいこと、サクラ。よくお聞きなさい」

サクラの両肩をがしっと掴《つか》み、リィンは告げる。

「好きって気持ちはね、簡単には変えられないの」

「え……？」

「どれだけ相手を嫌いになろうと思っても、そうはいかない。苦しんで、悩んで、泣いて、泣き喚《わめ》いて……それでも好きな自分に気付いてもっと辛くなるものなの」

彼に……自分の世界の『クロウ』に裏切られた当初。

リィンはまだ彼のことが好きだった。

だからなおさら苦しんで、心の底から憎めるようになるまでにかなりの時間を要したものだ。

（クロウも……『私』に裏切られて、同じ気持ちだったのかしら）

恋したせいであんなに辛《つら》い思いをするなんて……リィンは夢にも思わなかった。

「あなたには、そんな気持ちを味わってほしくないの。だから、恋を諦めるなんて簡単に言わないでちょうだい」

「リィン様……ひょっとして、失恋したことがあるんですか？」

「大当たり。しかもとびっきり手痛いやつを経験済みよ」

「ええぇ……リィン様をふっちゃうなんて。その人、見る目ないですね！」

「ふふ、そうかもね。だから私は、もう恋なんてしないのよ」

リィンは胸を張って告げる。

それはまぎれもない本心だった。

（そうよ。あいつを好きになんてなるもんですか。だって私には……やるべきことがあるんだから）

未来を変えて、世界を救う。

ただその一心でこの時代までやってきたのだ。

ほかのことを考える余裕なんて……あるはずがない。

初心に帰れば、胸が爽《さわ》やかに晴れていく。

うじうじと悩んでいたのが嘘のようだ。

「だから私、彼のことはなんとも思ってないの。サクラが恋を諦める必要なんてないんだけど……」

サクラの手をぎゅっとにぎって、にっこりと。

「悪いことは言わないわ。あの男はダメよ、やめときなさい」

「なんでですか⁉　今のって応援する流れでしたよね⁉」

だってあいつは私の世界を滅ぼしたんだもの。

……とは言わず、リィンはただ笑うだけだった。

◆

魔界は荒涼とした世界だ。

大地も空も乾ききっており、草木の類《たぐい》は一切ない。暮らしているのも魔族だけで、個人主義の傾向が強い彼らは他者とかかわりを持つことはほとんどなく、己《おのれ》の居宅で過ごす時間が長い。

そんな静まり返った世界のただなか。

蔦薔薇《つたばら》に覆われた屋敷の最奥で、悲鳴のような怒声が轟《とどろ》いた。

「違う……！」

磨き上げられた白亜《はくあ》の床に、ワイングラスが叩《たた》きつけられる。

澄んだ破砕音とともに飛び散るのは紅《あか》い液体だ。

粘度の高いそれは、生臭い臭気を伴ってじわじわとその面積を広げていく。

「違う……違うわ。こんな下賤《げせん》の血、飲めるはずがありません……！」

ロッキングチェアに腰かけ、ベアトルージュは乱雑に口元をぬぐう。

その相貌《そうぼう》はひどくやつれていた。頬《ほお》はこけ、唇からは血の気が失《う》せ、かさついた肌に長いまつげが影を落とす。髪もまともに梳《と》かしておらず、艶《つや》がない。

魔界一と評されることもある美貌《びぼう》もこれでは台無しである。

全盛時の十分の一の力も残ってはおらず、まともに魔術を使うこともできない。

だがしかし、城には大量の血液が貯蔵されていた。それらを口にすればある程度の回復が図れるはずなのに……彼女はその血を拒《こば》むのだ。

枯れ枝のような指先で顔を覆って、ベアトルージュは慟哭《どうこく》する。

「あのとき飲んだ血は……こんなものには及《およ》ばない。あんなものを口にしてしまったら……もう、それしか飲めなくなるに決まってるじゃない！」

先日、彼女はとある人間の血を吸った。

肉体を操ることが目的だったので、口にしたのはごく少量。

だがそのたったすこしの血が、ベアトルージュに甚大なダメージをもたらしたのだ。

あれはまるで、魔力の塊のような血液だった。

それを嚥下《えんげ》したが最後、ベアトルージュは生きたまま食われるような苦痛に苛《さいな》まれた。

だがしかし……それと同時に覚えたのはまぎれもない歓喜だった。

どんなワインよりも豊潤で、どんな肉よりも力強い生を感じさせた。

少量だからあの程度のダメージで済んだのだ。もし、もうすこし多く口にしていたら……体が崩壊するのにもかまわず、自分はあの血の味に溺《おぼ》れてしまっていただろう。

そう予感させるほどの、まさに呪いと呼ぶにふさわしい味だった。

「あの人間はいったい……っ⁉」

そこで、ベアトルージュがはっと顔を上げる。

しかしすぐに椅子の背もたれに体を預けて、ため息をこぼすのだ。

「……なんだ、あなたですか。相も変わらず神出鬼没ですこと」

「……」

彼女の目の前。部屋の暗がりのただ中に、ひとつの人影が現れていた。

道化のような衣装を身にまとい、仮面をかぶった魔族の女だ。

その気配はあまりにも希薄で、今にも空気に溶けて消えてしまいそうなほどだった。

ベアトルージュの居城には数々の結界が施されており、高位魔族ですらたやすく侵入できるものではない。だが突然現れたその道化に、彼女は一切の驚きを示さなかった。

かわりに見せるのは薄い苛立《いらだ》ちだ。目をすがめて道化をにらむ。

「半信半疑でしたけど……あなたの情報はたしかなものでしたわね。おっしゃっていた『珍しい人間』とは……あの女のことなのですね？」

「……」

道化はなにも語らない。

だが、ベアトルージュはそれを肯定と捉《とら》えた。

椅子を蹴倒《けたお》すようにして立ち上がり、屋敷中に轟《とどろ》かんばかりの声量で叫ぶ。

「ならば彼女はいったい何者なのですか！　答えなさい！」

「……」

道化はしばし沈黙したのち、ぼそぼそと言葉を紡《つむ》ぎあげる。

道化の答えはたった一言。

ひどく短いものだった。

「彼女は、我らの――」

八章　魔神降臨

魔道騎士西方支部、宝物庫。

数百メートル四方もあるその巨大な建物は、施設の最奥に存在していた。

出入り口はひとつだけで、幾重《いくえ》にも封印魔術や結界が施され、常に閉鎖されている。

しかし今……その扉は開いていた。

「うわあ」

中に足を踏み入れて、クロウはただ茫然《ぼうぜん》と呻《うめ》く。

広大な空間の中には中央に置かれた台座以外になにもなく、ひどくがらんとしている。

そしてその台座の上には、巨大な立方体が安置されていた。

一辺当たり百メートルほどもある、真鍮《しんちゅう》のような金属体だ。しかもその六面すべてにびっしりと文字が刻まれていて、縄や鎖《くさり》でがんじがらめにされている。

言葉を失うクロウのそばで、トリスがいたずらっぽく笑う。

「なんだよ。おまえさん、ここに入ったことがあるんだろ。今さら驚くもんかね？」

「いや、前に来たときのことはあんまり覚えてないんで……でも記憶があったとしても、こんなすごい代物《しろもの》を前にしちゃ圧倒されて当然ですって」

　クロウはため息をこぼして立方体を眺める。

　巨大な金属の塊とはかなり距離が離れているのだが、言い知れない威圧感のようなものがひしひしと感じられる。それもそのはず――。

「あの中に……聖遺物があるんですよね?」

「そう。黒陽剣《こくようけん》だ」

　トリスは鷹揚《おうよう》にうなずいてみせる。

「未来において盗み出され、この国が亡ぶ要因となるっつー代物だよ」

「……そんなものの保管庫になんでこうもあっさり入れちゃったんですか?」

「なあに、仕事だよ。しかもとびっきり重要な――」

「トリス様!」

　そこで、バタバタと忙《せわ》しない足音が響いた。

　振り返ってみれば鎧《よろい》に身を包んだ男が駆け寄ってきて、トリスに深々と頭を下げる。

「本日はわざわざご足労頂き感謝いたします。我らがふがいないばっかりにお手数をおかけして……」

「気にするなよ、大尉どの。こんな異常事態、誰《だれ》のせいでもないんだから」

「そう言っていただけると……む?」

そこで男はクロウに気付き、眉《まゆ》をひそめてみせる。

「君は……どこかで会ったかな？」

「いやあ、初対面っすね」

へらりと笑うクロウだった。

あのとき、ベアトルージュに操《あやつ》られてリィンを襲おうとした魔道騎士のひとりだ。

うっすら記憶が残っているのか、彼はすこし腑《ふ》に落ちないような顔をしていたが、すぐにトリスに向き直る。

「それではトリス様。私はほかの方々を迎えに参りますので……封印の手はず、なにとぞよろしくお願いいたします」

「心得ているさ」

トリスが鷹揚にうなずくと、男は一礼ののちまた慌ただしく去っていく。

宝物庫の中にまたふたりきりとなり、静けさがやけに耳についた。

「封印って……まさかあの箱に？　すでにあれ、防御魔術でがっちがちに守られてるんじゃ」

「そのとおり。ルーン魔術に精霊魔術……計百種類の封印魔術に、魔術超合金で作られた三十層の密閉容器。世界の技術の粋《すい》を集めた封印具だ。効果のほどは……っと！」

「うわっ⁉」

白衣の懐《ふところ》から銃を取り出し、彼女は躊躇《ちゅうちょ》なく箱に向けて発砲する。

宝物庫の中に砲声が轟くと同時――。

ばぢぃっ！

鈍い音を立てて閃光《せんこう》が爆《は》ぜ、弾丸が弾き飛ばされる。

あとに残るのはひと筋の黒煙だけである。箱にはわずかな焦《こ》げ跡すらついていない。

「ま、リィンと似たようなもんだな。この通り、こいつはどんな攻撃でも無効化しちまう。普通はこれで安心のはずなんだが……ほれ、最近事情が変わったろ？」

「……魔族の出現、ですか」

「そうとも。そんな危険因子が聖遺物のすぐそばに現れたってことで、国内外から不安の声が届いてね。だからいっそ、封印を強化しようってことになったのさ」

「まさか……俺《おれ》にその大仕事の手伝いをしろっていうんですか？」

「そんなわけないだろ。この手の分野に長《た》けたスペシャリストを手配済みさ」

「じゃあなんで俺なんかを連れてきたんです？」

「なに、ついでにちょっとした話をしようと思ってね」

トリスは銃をくるくると回す。

まるで玩具《おもちゃ》のように弄《もてあそ》びながら、彼女は静かに問いかける。

「クロウ。おまえさん、こないだ言ってたよな。リィンを殺さず世界が救えるなら、それに越したことはないって。あれは……本気なのか？」

「……はい」

クロウはただうなずくだけだった。

先日の言葉に、嘘《うそ》も迷いもない。

それなのに……トリスは重々しくかぶりを振る。

「リィンを殺さなきゃ、確実にこの世界が滅びるとしても……おまえはそう言えるのか？」

「は……はい？」

唐突な話に、クロウは目を瞬《しばたた》かせるしかない。

だが、彼女の顔は真剣そのものだ。

冗談を言っているようには見えず、すこし口ごもってしまう。

「そりゃ、ほかに手がないってなったら考え直すかもしれませんけど……いったいどうしたんですか、トリス様。俺の覚悟でもたしかめようっていうんです？」

「いんや。こんなもの本題前の準備体操ってところだよ」

トリスはおどけたように言葉を紡《つむ》ぐ。

「実を言うとね、あたしはおまえさんをずっと警戒していたんだよ。経歴を調べてみても綺麗《きれい》なもんだ。赤ん坊のころに孤児院に預けられたせいで身寄りはなし。それ以外に特筆すべき点はなく、いたって普通の少年だ。それなのに――」

銃を構えてこちらに向ける。その銃口が指すのは、クロウの右手。

グローブに隠されたその下には、あの指輪が収まっている。

「そんな普通の少年が、聖遺物を持っているときた。どう考えたって怪しいだろうが」

「ちょっ、待ってくださいよ。これは未来の『リィン』にもらっただけで――」

「はっ、持っていること自体がおかしいんだよ。聖遺物っつーのはだな、本来なら普通の人間が扱えるはずのない代物だ。なにか特別な力でも持っていない限りはね」

「へ……そうなんですか？」

特別な力と言われてもまるで心当たりがない。

未来で死にかけたあのときは、ただがむしゃらに指輪を使っただけだ。

トリスは口の端《は》を持ち上げて皮肉げな笑みを作ってみせる。

「そんな怪しいおまえさんに……こないだリィンを同行させたのはどうしてだと思う？」

「それは……指輪のせいで、俺があいつを殺せないから？」

「いいや、違う。まったくもって逆なのさ」

「逆って……？」

眉をひそめるクロウ。

それに、トリスは淡々と続けた。

「おまえさんなら、リィンを殺してくれると思ったんだ」

「なっ……!?」

トリスは言葉を紡ぐのをやめない。

歪《ゆが》んだ笑みのそのままで――。

「あいつの呪《のろ》いはよく知ってるだろ？　魔術を無効化し、あたりに災いを振りまく。だが……後半のそれは真実じゃない。災いが起こるのはいつだって、あいつの身に危険が及《およ》んだときだけなんだ」

そのおかげで、リィンは赤ん坊のころから何度も暗殺を逃れてきたのだという。

剣でその心臓を貫こうとすれば刃が折れ――。

火口に投げ入れようとすれば火山が噴火を起こし――。

土に埋められれば、地震が大地を割って彼女を助け出し――。

あらゆる毒が効かず。

あらゆる魔術が効かず。

あらゆる暗殺が無に帰した。

「こないだのパーティのときもね、性懲《しょうこ》りもなく遠距離からの射殺《しゃさつ》を試みたんだけどさ……やっぱり余計な邪魔が入りやがった。ドラゴンが暴《あば》れる中で暗殺なんかできるかってーの」

「は、ははは……冗談きついですよ、トリス様」

クロウは生唾《なまつば》をのみ込んで、無理やりに声を絞り出す。

愛想笑いを作ったはずの口の端は、自分でもわかるほどに引きつっていた。

だって、彼女の言葉を総括すると――。

「それじゃまるで……ずっと、リィンを殺したがっていたように聞こえるんですけど」

「そのとおりだよ、クロウ。あたしはリィンが生まれたあの日から、ずっとあの子を殺そうとしてきたんだ」

どうして！

そう発したはずの言葉は、声にならずに喉《のど》の奥に消えていった。

「おまえさんの正体は依然として不明のままだ。懐に入れるにはあまりにリスクが高い。だが……世界を救いたいという想《おも》いだけは本物だろう。こんな場所に連れて来てやっても、聖遺物を奪うそぶりも見せないし」

トリスは巨大な立方体をちらりと見やる。

そうしてふたたびクロウに向けた瞳《ひとみ》には、鋭い光が宿っていた。

屋内だというのに、ふたりの頰《ほお》を生ぬるい風がするりと撫《な》ぜる。

「だからあたしは、おまえさんの殺意に賭《か》ける。真実を話してやるよ。リィンについて。そして……魔神の呪いについて」

「トリス様っ……！　それっていったい――」

そこで、折悪く入口の方から声が届いた。

見れば十名ほどの人々が宝物庫の方に歩いてくるところだった。

緑の法衣《ほうえ》をまとったエルフ族、東方の民族衣装に身を包んだ竜人族……その内訳は多種多様で、中には先ほどの魔道騎士の姿もあった。

彼らを見て、トリスはわずかに眉をひそめる。

「術者どもが到着したようだ。悪いが続きは仕事が済んでからだな」

「トリス様……先にこれだけ聞かせてください」

「うん？」

「それを聞いたら……俺も、リィンを殺さずにはいられなくなりますか？」

「もちろん。すこし前の復讐鬼に戻るだろうさ」

トリスは薄笑いを残して、術者たちのもとへと向かう。

クロウはそれをただ見送ることしかできなかった。気付けば全身に汗をかいていて、すこし息が上がっている。額を乱暴にぬぐえば、皮膚が引きつって軽い痛みを生んだ。

リィン、そして魔神の呪い。

耳慣れたはずのそれらの単語が、どうしようもなく胸をざわつかせた。

「くそっ……何がどうなって――っ!?」

悪態を口にしかけたその瞬間。

首筋に奔《はし》ったのは――不安が根こそぎ吹き飛ぶような怖気《おぞけ》だった。

「っ……トリス様！」

弾《はじ》かれたようにクロウは動く。

床を蹴《け》り、トリスを押し倒してその場に転がって――刹那《せつな》。

「へ？」

「《鮮血遺骸布《ブラッディヴェール》》！」

朱と黒の入り混じる劫火《ごうか》が、宝物庫の内部で爆ぜ飛んだ。

轟音《ごうおん》と衝撃、熱気が渦巻きなにもかもを蹂躙《じゅうりん》する。

しばらくして……くすくすと宝玉《ほうぎょく》を転がすような笑い声が響く。

「あらあら、今のをかわすなんて……虫けらのくせに運がいいですわね」

「ぐっ……な!?」

クロウはふらつく頭を押さえて体を起こし……絶句する。

宝物庫内は火の海に転じていた。黒い煙が充満し、ひどい臭気が鼻を突いた。

外にまで被害が出ているらしく悲鳴と怒声がここまで届く。

そしてその炎のただ中に立っているのは、見目麗《うるわ》しいひとりの少女。

背中からガラス細工のような羽を生やし、真紅《しんく》のドレスを身にまとった彼女の名は――。

「ベアトルージュ……!?」

「ふふ。またお会いしましたね」

紅《べに》を差したその唇からこぼれ出るのは、甘く蕩《とろ》けるような声。

先日刃《やいば》を交えた魔族の女がすぐそばにいた。

だがしかし、あのときとはかなり様子が違っている。顔色は死人のように蒼白《そうはく》で、目の下には色濃い隈《くま》が刻まれていた。どうやら先日のダメージがまだかなり残っているようだ。

生気の失せたその立ち姿が紅蓮《ぐれん》の炎に照らされて、より一層毒花めいた印象を与えてくる。

「くっ……お礼参りってわけかよ。よりにもよってこのタイミングで」

「あら、勘違いなさらないでくださいますこと？　わたくしの狙《ねら》いは――」

「っ……まずい！」

そこでクロウの身体の下でトリスがもぞもぞと動き、息をのんだ。とっさに庇《かば》ったおかげで傷ひとつなさそうだが……一瞬でその顔色が蒼白なものに変化する。

彼女が見つめるのは宝物庫の中央。

ひときわ火の勢いが激しいそこでは――。

「聖遺物の、封印が……！」

あらゆる魔術を無効化するはずの、金属の立方体。

それが斜めに削れて半分以上が焼失していた。

断面はやたらと綺麗《きれい》でつるりとしていて、ミルフィーユのように重なった金属の層がよく見える。そしてその中央には……小脇《こわき》に抱えられるほどの、小さな木箱が納められていた。

ひどく薄汚れた、なんの変哲もないガラクタだ。

だがその木箱を目にした瞬間、クロウは考えるよりも早く行動していた。

「っ……《投影《シャドーアーツ》》！」

焔《ほのお》を切り裂き、影の腕が疾駆《しっく》する。

しかしそれが箱をかすめ取るその寸前。

「残念でした♪」

箱が黒い靄《もや》に包まれ消えたかと思えば、次の瞬間にはベアトルージュの手の中にあった。

女はうっそりと微笑《ほほえ》んでその表面を柔らかく撫《な》でる。

「ふうん、これが聖遺物ですか。案外簡単に手に入りましたわね」

「なぜだ……！　ベアトルージュ！」

崩れかけた宝物庫にクロウの怒声が反響する。

「おまえ……聖遺物に興味がないんじゃなかったのか！」

「すこし、たしかめたいことができましたの」

ベアトルージュはクロウを見やり、小さく眉を寄せてみせる。

「だからあなたと遊んでいる暇はありません。この前の借りもあることですが……また今度、じっくり食べてさしあげますからね」

「っ……待て！」

ベアトルージュは炎に包まれ掻《か》き消えて、クロウの攻撃はあっけなく宙を斬《き》った。

あとには何も残らない。ただ熱気が渦を巻き、うなりを上げる。

「うそ、だろ……」

崩壊した宝物庫。盗み出された聖遺物。そこで、呆然《ぼうぜん》と立ち尽くすことしかできない自分。

この光景をクロウはかつて見たことがあった。

だが、しかし……それは三年後に起こるはずではなかったのか。

「くそ……っ！」

「どこに行くつもりだ！　クロウ！」

鋭い声が背中に突き刺さり、クロウは駆け出しかけた足を止める。

トリスは凪《な》いだ水面《みなも》のような目でこちらをじっと見つめていた。

「おまえさん、あいつを追うつもりなんだろうが……あてはあるのかい」

「そんなものありませんよ！　でも、なにもしないわけには――」

「あたしにはある」

クロウははっと息をのむ。トリスが冗談を言っているようには見えなかったからだ。

彼女は顔色をなくしたままで震える声を吐き出す。

「やつは……リィンのもとに向かったんだ」

「っ……それって、さっき言いかけていた話に関係あるんですか？」

「ふっ、察しがよくて助かるねえ。そうだとも。道中に話してやるが……それにしても、まさかこんな形で終わりが来るとはねえ」

炎を見つめてぼやく彼女に、クロウは返す言葉が見つからなかった。

聖遺物が魔族に盗まれた。それだけでも由々しき事態だというのに……もっと大きな異変が目の前に迫っているような気がしてならなかった。

トリスはしばし瞑目《めいもく》したあと、ぎらつく目でクロウを射抜く。

「急ぐぞ、クロウ。もたもたしてると……一足先に世界が滅んじまう！」


リィンの屋敷は、さびれた別荘地の奥に存在する。

彼女の呪いを恐れて周囲の豪邸はのきなみ売りに出されており、寄り付く人間もほとんどいない。普段は閑静を通りこして、お通夜《つや》のような静けさが漂う一角である。

だがしかし……それをリィンは今ばかりは幸運だったと思うのだ。

（これが街中だったりしたら……ぞっとしないわね）

地面に膝《ひざ》をつき、リィンは震える唇を噛《か》みしめる。

すでにあちこち傷を負い、息はすっかり上がってしまっていた。

それでもリィンはナイフを握る手に力を込めて、ぐっと真正面を見据える。

黒い煙の向こうに見えるのは荒れ果てた屋敷だ。

邸宅は半壊し、庭のあちこちには魔道人形の残骸《ざんがい》が転がっている。

そしてその突然の襲撃者……ベアトルージュは悠然《ゆうぜん》とリィンの前に立っていた。

「無駄な抵抗はおよしになった方がいいですよ。こちらとしても、手荒な真似《まね》は避けたいですから」

「はっ……急に襲って来てよく言うわよ」

強がってはみたものの、リィンの背中はぐっしょりと汗で濡《ぬ》れていた。

幾度か攻撃してみたものの、敵に傷ひとつ負わせることができないでいるのだ。

(サクラが非番の日で助かったけど……なんでこいつ、私の屋敷を知ってるのよ！　しかもクロウもトリスもいない時に来るなんて！)

ふたりはどこかに出張していて、夕方まで戻らないと言っていた。

つまり助けが来ることは万に一つもなくて……いや、弱気になっても仕方ない。

リィンは無理やり不敵な笑みを浮かべて立ち上がる。

「ひょっとしてこの間のリベンジってわけ？　魔族っていうのはよっぽど暇で――――っ⁉」

挑発は半ば《なか》で終わる。

ベアトルージュが、こちらに一歩踏み出したからだ。

だがしかし、不思議と敵意は一切《いっさい》感じられなかった。攻撃をしかける素振《そぶ》りもなく、ただ口の端に穏やかな笑みを浮かべてゆっくりと歩み寄ってくる。

まるで読めない展開に、リィンは瞬《まばた》きすら忘れて相手の動向をうかがい続ける。

敵がどんな行動に出ようとも、すぐに対応できるようにと四肢《しし》に力を籠《こ》めるのだが――。

「へ……？」

リィンはぽかんと目をみはることになる。

魔族の女はあろうことか、リィンの目の前で跪《ひざまず》いたのだ。

紅い髪が地面につくのも厭《いと》わず、深く首を垂れる。

そして――女は不可解な言葉を口にした。

「お目通りできて光栄です。魔神様」

「……………は？」

魔神。

聞きなれたはずのその単語がリィンの思考を凍り付かせる。

女は首を垂れたまま、それ以上の言葉を紡《つむ》ごうとはしなかった。

しばし静寂が落ちて……それを破ったのは、空をつんざくような怒声だった。

「私が魔神って……そんなわけないでしょうが⁉」

たしかにリィンは災厄王女と呼ばれて人々から恐れられている。

おまけに別の未来では、この国を滅ぼしたらしいし。

しかし……だからといって、魔神と呼ばれる筋合いはない！　魔族のくせにそんなことも知らないわけ⁉」

「だいたい魔神なんて三百年前に滅んだはずじゃない！　魔族のくせにそんなことも知らないわけ⁉」

「そうですわよねえ。わたくしも同胞から聞いて半信半疑でして」

ベアトルージュが顔を上げ、ほうっと吐息をこぼしてみせた。

「だから、それをたしかめに参ったのです。あなたが本当に魔神様なのかどうかを」

「しつこい！　私は人間よ！」

「たしかに器は人間のようですが……いいでしょう、一から説明いたしましょうか」

ため息をこぼしながら、ベアトルージュは立ち上がる。

「三百年前……魔神様はこの世界の人間によって討《う》ち滅《ほろ》ぼされました。ですが魔神様は自分を倒した英雄に、とある呪いをかけたのです」

「嫌っていうほどに知ってるわよ！　そのせいで散々な迷惑を被《こうむ》ってるし！」

リィンは吠《ほ》える。

三百年前に英雄イオンにかけられた呪い。それがリィンを縛るものだ。

「『汝《なんじ》の血に呪いあれ』、って！　そう呪ったんでしょ！」

「ええ。わたくしもそう聞いておりました。ですが……本当は違うそうなのです」

女は口の端を引きつらせて笑う。

「真実はこう――」

汝の血に我が魂を。

汝の肉に我が力を。

いつの日かその血肉を受け継ぐ娘が、この世に災厄を振《ふ》り撒《ま》くだろう！

「そう。我らが偉大なる魔神様は討たれる前に……その人間に、自身のすべてを封じたそうなのです！」

「っ……!?」

ベアトルージュが叫ぶと同時、ひときわ強い風がふたりの間を駆け抜けた。

生ぬるい潮風が頬を叩《たた》き、リィンは息をすることも忘れてしまう。

「三百年の長きにわたって力を蓄え、ようやくこうして人の身としてこの世界に蘇《よみがえ》った。それがあなたなのだ、と同胞は申しておりました」

「そん……なっ」

乾いた音が、のどの奥からこぼれ出る。

笑い飛ばしてしかるべき戯言《ざれごと》だ。真に受ける必要なんてありはしない。

そうだというのに……その言葉は、なぜかリィンの胸の奥深くに滑り込んだ。

膝が震えそうになるのをぐっとこらえて、相手をねめつける。

「いい加減にしなさいよ！　そんなデタラメ、誰が信じ――」

「ええ。だからたしかめてみましょう」

「っ……それは⁉」

ベアトルージュが指を鳴らせば、虚空《こくう》から薄汚れた木箱が出現する。

その蓋《ふた》を開けば、中に収められていたのはひと振りの短剣だ。

薄い刀身が漆黒《しっこく》の鞘《さや》に納められていて、持ち手は血のようなしみでひどく汚れていた。

それを見てリィンは心臓を鷲摑《わしづか》みにされるような衝撃を受ける。

忘れた日は一度もない。それはかつてこの国を滅ぼした聖遺物。

黒陽剣。

その短剣にベアトルージュが手を伸ばす。

「っ、ダメ！　それに触っちゃ――っ⁉」

次の瞬間、黒い雷が迸《ほとばし》りあたりすべてを破壊し尽くす……はずだった。

しかし女の指が触れる寸前、刀身から眩《まばゆ》い火花が飛んだ。

その衝撃で短刀はからんと地面に転がるが、それだけだ。あとにはなにも起こらない。

「うそでしょ……なんで？」

「なにを驚いていらっしゃるのです？　こんなの当然ですわ」

ベアトルージュは肩をすくめて告げる。

「聖遺物というのは、魔神様が生み出した魔道具の総称。創造主以外の者が手にすることはできないのです。ですが……」

「っ……な、なにするのよ⁉」

ベアトルージュがリィンの手をそっと取る。

たやすく振り払えそうな弱い力だ。そのはずなのに、リィンはまるで抵抗ができなかった。

まるで見えない力に導かれるようにして、地面に落ちた短剣に手を伸ばしてしまう。

「あなたがこれを手にすることができたのなら……魔神であることの、なによりの証《あかし》になりましょう」

「いや、やめて……いや……！」

地面に転がる薄汚い短剣。

それに指先が近付くにつれて、呼吸がどんどん速くなった。

自分が魔神の生まれ変わりだなんて、そんなことがあるはずがない。

きっと黒陽剣はリィンのことも受け入れないだろう。そう信じたいのに涙で目の前がかすんでいく。暗い沼底に沈むような絶望感が意識を蹂躙《じゅうりん》する。

まるで永劫《えいごう》のように感じられる一瞬ののち。

短剣は、あっさりとリィンの手の中に収まった。

九章　世界はまだ終わらせない

World End Chronicle
Before you betray the world

クロウとトリスが戻ったとき、すでに屋敷は酷いありさまだった。

傾きかけた太陽が、半壊の邸宅と荒れ果てた庭を茜色《あかねいろ》に染めあげる。

そして――。

「ちっ、間に合わなかったか……！」

「ウソだろ……！」

屋敷を襲っていたのは漆黒《しっこく》の稲妻だ。

空間を焼き焦《こ》がすほどの絶大なエネルギーを持ったそれが、木々や瓦礫《がれき》を打ち据えて破片をあたり一帯に撒《ま》き散らす。おまけにどこかに引火したのだろう。黒煙がもうもうと吹き出しており、離れていても目や喉《のど》が痛むほどだった。

その光景に、クロウは嫌というほどに覚えがあった。

かつて体験した未来で、トランヴァース王国を滅ぼしたのとまったく同じ雷だ。

そして……。

「あら、いらっしゃったのですね」

ふたりを出迎えたのはベアトルージュだった。

その背後に浮かぶのは、夜闇《やみ》よりなお深い濡《ぬ》れ羽色《ばいろ》の球体だ。

直径三メートルほどのその球体は、唸《うな》りを上げながら雷を産み出し続けていた。

ベアトルージュは優雅に腰を折り、ドレスの端をつまんでみせる。

「ですがもう手遅れですわ。我らの主様《あるじ》は、ここに――」

「っ……！」

刹那《せつな》、漆黒の球がまばゆい光を放つ。

目を開けていられないほどの閃光《せんこう》とともに球が弾《はじ》けたあと、降り立つのはひとりの人物。

リィンだ。素肌の上に闇色の薄衣をまとい、黒陽剣《こくようけん》を携えている。

その背中で揺れるのは、魔族の証《あかし》である巨大な羽。

ベアトルージュのそれをはるかに凌《しの》ぐ巨大なそれが、計十二枚も生えていた。

「リィン……⁉」

クロウが彼女の名を叫べば、リィンはゆっくりとこちらを向く。

だがしかし、その目は氷のように冷え切っていた。たじろいだクロウに彼女は短く告げる。

「それは……この、女の名か？」

「なっ……⁉」

クロウだけでなく、トリスもまた息をのんだ。

リィンはぴくりとも表情を動かさないまま、胸に手を当てる。

その凛然《りんぜん》とした立ち姿は、いつもの彼女からは想像もつかないほどの威厳に満ちていた。

「この世界の者どもよ、よく聞くがいい。我が魂の真名はリィンなどではない」

そうしてリィンは口の端《は》を持ち上げる。

その口元から覗《のぞ》くのは獣のように鋭い牙《きば》だ。

「我こそは長きにわたる眠りより目覚めし……魔界を統《す》べる魔神なり！」

「まさか、ほんとに……⁉」

宝物庫からここまでの道中、クロウはトリスから耳を疑うような話を聞かされていた。

にわかに信じがたい話ではあったが……この事態を前にすれば、嫌でも認めざるをえなくなる。

「本当に、あいつが魔神の生まれ変わりだって言うんですか⁉」

「……だからさっきそう説明してやっただろ」

三百年前、英雄イオン・トランヴァースは魔神を倒した。

広く大陸に伝わる伝説。だがしかし、それはまったくの嘘《うそ》なのだという。

魔神は英雄イオンに己《おのれ》を封じ、長い年月をかけて復活のチャンスを待っていたのだ。

「だからイオンは、あえて自分の血を残したんだ。いつか自分の血筋から生まれる魔神を……かならず仕留めるために」

トリスはため息まじりに頭を掻く。

「魔術を無効化するっつーあいつの能力は、単に魔神の力が漏《も》れ出していただけのことにすぎないのさ。魔族どもすら知らない秘密だっていうのに……いったいどこで漏れたのやらね。まあいいや」

ぽつぽつと独り言ち、クロウを押しのけ前に出る。

その足元数センチの場所を黒雷が貫くが、トリスはわずかにも動じなかった。

しかと前だけを見据えて片手を上げる。そして——。

「ここまできたら、やるべきことなんて決まってるよな」

「っ……《投影《シャドーアーツ》》⁉」

彼女が指を引くより早く。クロウの影が伸び上がり、その手の中のものを弾《はじ》き飛ばした。

重い音を立てて遠くに転がる銀の塊。

夕日を受けて赤く輝くそれは……彼女の愛用する銃だった。

トリスがゆっくりとこちらを振り向く。

その瞳《ひとみ》に宿るのは、魂すら凍《い》てつかせるほどのぎらつく光だ。

「なぜ邪魔をする。言ったはずだぞ、あたしは魔神を……リィンを殺す使命があると」

「だって、あんた……！　あいつの育ての親みたいなものでしょう⁉」

リィンは幼少期のころから、この屋敷でトリスとふたりきりで暮らしてきた。

十数年の月日は、エルフ族からしてみれば一瞬だったのかもしれない。

だがリィンからしてみれば大切な家族のはずなのだ。

「それなのに、あいつを殺すって言うんですか⁉」

「そうさ。それがイオンとの約束だからね。あたしにはそれを果たす義務がある。あたしはあの子を、ただ殺すためだけにそばに置いていたにすぎないんだ」

「そんなはずないだろ！」

たまらずクロウは声を荒らげてしまう。

トリスの口ぶりは冷酷だ。だが、その下に隠された感情の嵐《あらし》に気付けないほど、クロウは彼女をよく知らないわけでもなかった。

「ただ殺すだけなら、俺《おれ》やサクラみたいな護衛をつける理由なんてなかったはずだ！　話し相手を作ってやりたいって……あれが本心なんだろ！　リィンを大事に思っていた証拠じゃないか！」

「っ……それでも、だ！」

トリスは険しい形相で吠《ほ》える。

うっ血するほど握りしめた手のひらからは、真新しい血の雫《しずく》がこぼれ落ちた。

「聖遺物に触れちまったせいで、リィンの中の魔神の魂が覚醒《かくせい》したんだ！　こうなったらもうあいつを戻す方法なんてない！　ここで止めないと……三百年前の繰り返しだ！」

「っ……！」

すなわちそれは、この世界の終わり。

魔神と魔族による蹂躙《じゅうりん》がふたたび始まることを意味している。

クロウはそれを食い止めるために、原因となったリィンを殺すために、この時代にやってきた。そのはずなのに……手足が急速に熱を失っていくのが自分でもわかった。

「でも、俺はこんなのっ……ぐ⁉」

認めたくない。

そう思ったその瞬間、立っていられないほどの頭痛が襲った。

この時代に来て何度も経験した痛みだ。ふらつきながらもグローブの上から指輪をにぎりしめれば、クロウを叱《しか》り付《つ》けるように熱を帯びているのがわかる。

トリスはそんな彼に、ちいさくため息をこぼしてみせた。

「言ったろ、その指輪は主の望む未来へ導くものだって。状況が変わったからには……リィンを殺すしかないって、そいつもそう言っているんだよ」

「くそっ……！」

クロウは指輪をもう一度にぎりしめ……決意する。

顔を上げて真っすぐに見据えるのは、変容したリィンの姿。

「だったら……あいつは俺が殺《や》ります」

「っ……クロウ、おまえ」

「あら、そうはさせませんわよ」

ベアトルージュが自身の指を嚙《か》み、傷口から鮮血の劫火《ごうか》を生み出した。

それをまとって、魔族の女は獰猛《どうもう》に笑む。

「この方は我ら魔族を束ねる王。それを阻《はば》む不届き者は……このわたくしが食べ尽くしてさしあげましょう」

「ちっ……余計な番犬がいるってわけか」

トリスは顔を歪《ゆが》ませてそちらをにらむ。

「クロウ、本当に任せていいんだな……？」

「はい。そもそもこれは……未来のリィンに頼まれたことですから」

「そうか、だったら――っ！」

トリスが指を鳴らせば、遠くに転がったはずの銃が宙を舞って戻ってくる。

その銃口を今度はベアトルージュにしかと向けた。

「こいつを倒したら……すぐにあたしも加勢する！　それまで頼んだぞ！」

そうして彼女は地を蹴《け》った。轟《とどろ》く銃声は一発だけ。

次の瞬間には爆音が轟き、突風があたり一帯に襲い掛かった。

それが晴れたあと、ベアトルージュが立っていたはずの場所には焦げ跡だけが残っていた。

　気付けば屋敷の外壁に大穴が開いている。その向こうから響くのは、腹の底に響くような轟音《ごうおん》だ。どうやらあちらでふたりの死闘が始まっているらしい。

　残されたのはクロウと――。

「ほう、愚かな人間風情《ふぜい》が……我に盾突くというのか」

　リィンの姿をした異形《いぎょう》は、唇に舌を這《は》わせてみせる。

　手にした黒陽剣をかざせば、そこから迸《ほとばし》る黒雷がクロウの頬《ほお》をかすめていった。

　じわりと滲《にじ》んだ血が頬を伝い、足元に落ちて。

「どれ。この国を滅ぼす前に、ひとつ遊んで……っ⁉」

　その嗜虐《しぎゃく》的な笑みが、途端に凍り付く。

　剣先から放たれる黒雷は瞬く間に膨れ上がり、あたり一帯を無差別に襲う嵐と化していた。

　だがその中を、クロウはゆっくりと歩いていく。

　雷撃が肌を焼こうと、肉を貫こうと、足は止めなかった。

　指輪が引き返せと警告し、これまでにない頭痛が襲うが……それにもかまうことはない。

　あっという間に、魔神を名乗る少女の前までたどり着く。

「き、貴様、いったいなにを――」

「おまえ、リィンだろ」

「へ」

少女は一瞬だけフリーズするが、すぐに目を鋭くつり上げる。

「な、なにを言うか！　我は魔神――」

「おまえ、自分じゃ気付いてないと思うけど、ウソをつくときは視線が右上にそれる癖《くせ》があるんだよ」

「えっ、うそ……!?」

「嘘《うそ》だけどな」

「っ……!?」

絶句する相手を、クロウはじっと見据える。

背中から生えるのは魔族の証《あかし》である光の羽。おまけに今もその手に持った剣からは雷が放たれ続け、世界の終わりにふさわしい轟音を生んでいる。

対峙《たいじ》するだけで息が詰まった。

その姿を目にするだけで、臓腑《ぞうふ》に冷たい刃《やいば》が差し込まれるような吐き気が襲う。

目の前にいる存在は、この世界にあってはいけないものだと、本能が警鐘を鳴らす。

だが、クロウは一歩も引かなかった。無理やり口の端を持ち上げて笑う。

「多少見てくれが変わったって、恋人だった女のことくらいわかるさ。おまえは魔神なんかじゃなくてリィン本人だろ」

「っ……！」

少女はとうとう言葉を失って立ち尽くしてしまうのだった。

「ま、トリス様は動揺して気付かなかったみたいだけどさ。ったく……なんだって魔神の振りなんてしたんだよ」

「……だって」

リィンはとうとう声を震わせてうつむいてしまう。

取り繕うことをやめた少女の口からこぼれ出るのは――耳を疑う告白だった。

「私は……ここで死ななきゃいけないから」

「は……？」

「これを持った瞬間にね……私の知らない、別の『私』の記憶が見えたの」

リィンは震える手で、黒陽剣をかざしてみせる。

知らないはずの別の世界の歴史をリィンは覗《のぞ》き見たのだという。

それはある日彼女のもとに届いた、一通の手紙から始まった。

差出人も記されていないシンプルな便せんには、簡潔にこう書かれていた。

聖遺物を手に入れなさい。

さすれば、あなたの呪《のろ》いは解けるでしょう。

「私はそれを信じてしまった……！　呪いが解ければ……あなたに迷惑をかけることなく、ずっと一緒にいられるって、そんな夢を見てしまったの……！」

だが、リィンは悩みに悩んだ。

聖遺物を盗み出すなんて、偉大な先祖――英雄イオンに背《そむ》く行為だ。

だからクロウには本当の目的を言い出せないまま、宝物庫に向かって、そこで黒陽剣を手にしてしまう。だが、彼女の呪いが解けることはなかった。

それどころか剣は暴走を始め……気付いたときには、あたりは焦土と化していたという。

「たぶんこれが、あなたの世界の『私』の真実。私はまぎれもない罪人で……そして、ただの怪物だったのよ……！」

リィンはその場に泣き崩れてしまう。

瞬間、ひときわ激しい雷撃が爆《は》ぜ飛んだ。

背後の木々が吹っ飛ばされ、地面に大きな爪痕《つめあと》が刻まれる。

相当な破壊力だ。だが、これがまだほんの序の口であることをクロウは知っている。

なにしろこの雷は、未来でこの国を焼き払うのだ。

「今もね……頭の中で声がするの。『その体をよこせ』って……この剣だって、どうやったって手から離れてくれないの。きっとそのうち、私は私じゃなくなって、この国を、世界を滅ぼしてしまう。でも、私はそんなの……絶対に、嫌なの」

地面に座り込みながら、リィンはゆっくりと顔を上げる。

その目にあふれるのは大量の涙だ。だがそれを、瞳の奥に宿った強い光が照らしていた。

「だから、お願い……クロウ。まだ私が私でいられるうちに、どうか私を——」

「うるせえ！」

夜に染まりゆく空を怒声が切り裂く。

全身の血がたぎるような熱を帯びていた。

胸が張り裂けそうなほどにめいっぱい空気を吸い込んで、もう一度叫ぶ。

「さっきからごちゃごちゃとやかましいんだよ！　なにが罪人だ！　怪物だ！　挙句の果てに殺してくれだあ⁉　そんなくだらないことに俺を巻き込むんじゃねえ！」

「なっ……くだらないことですって⁉」

リィンの目が一気につり上がる。

「このままじゃ私は本当に魔神になるかもしれないのよ⁉　それでもまだそんなことが言えるわけ⁉」

「それでも、だ！」

リィンの肩を摑《つか》んでクロウは迫る。

伝えたい思いなんて、たったひとつだけだった。

「俺はおまえを殺さない！　おまえも世界も、両方救わせろ‼」

「っ……！」

リィンが静かに息をのむ。

丸くみはった目から、また大粒の涙がこぼれ落ちた。

「どうして……？　またこの前みたいに……『ほっとけないから』なんて言うつもりなの？

そんな簡単な理由で、世界を滅ぼすかもしれない化け物を助けるっていうの……？」

「はっ、当たり前だろ」

クロウの決断を、きっと誰《だれ》もが笑うだろう。

だが、そうせざるを得ないたしかな理由が、すでにクロウの中では育っていた。

それを認めるのはすこしの勇気が必要だった。だが、もう秘しておくことはできない。

「好きな女はなおさら放っておけない！　それだけだ！」

「は…………なあ⁉」

数秒ぽかんと固まってから、リィンは真《ま》っ赤《か》になって悲鳴を上げる。

「す、好きって……！　あなた、もう私のこと好きじゃないとか言ってなかった⁉」

「もう一回惚《ほ》れた。悪いかよ」

「わ、悪くはない、かもしれないけどぉ……！」

先ほどの勢いはどこへやら。リィンは涙をぬぐい、もじもじと小さくなる。

この時代で彼女と過ごすうち、もう一度惹《ひ》かれていた。

言葉にすればただそれだけ。だが、たしかな理由だった。

「でも、俺は未来を変えるためにここにいるんだ。本当に打つ手がないってなったら、おまえを殺す。そのときは恨むなよ」

「す、すでに万策尽きてるし、今がそのときなんじゃないの⁉　黒陽剣は手から離れてくれないし、もう時間が……！」

「なにを言ってるんだ、手放す方法ならあるだろ」

「へ……？」

「トリス様に聞いたよ。聖遺物っていうのは、魔神にしか扱えなかったんだってな。だが……ひとつ疑問が残る」

ぽかんと目を白黒させるリィンに、クロウは自身の指輪をかざす。

未来で受け取った聖遺物――道標輪廻《どうひょうりんね》。

「こんなふうに、俺は聖遺物を使っている。どうしてだ？　魔神でもなんでもないのにさ」

「そ、それは……そんなの私に聞かれたって知らないわよ！」

「だろうな。俺もさっぱりわかんないし。だけど、俺が聖遺物を使えるなら……現状を打破する道はあるんじゃないのか？」

「……まさか、あなた」

「そうとも、リィン」

今からやろうとしていることは大博打《ばくち》もいいところ。だがしかし……ほかに手はない。

クロウはその場に膝《ひざ》をつき、リィンが短剣を持つ手を包み込むようにして握る。

「俺にそいつを渡せ。俺がどうにか御《ぎょ》してみせる」

「なっ……⁉　バカ言わないで！　そんなことしたら何が起こるか――」

「それでも、だ」

顔色を変えて慌てふためくリィンの言葉を、クロウは静かに遮《さえぎ》った。

ふたりを取り巻く黒雷はこうしている間にも威力を増し続けている。

それでもリィンの顔を覗き込めば、相手はうっと小さく呻《うめ》いてみせた。

「俺はもう後悔したくない。わずかな可能性があるなら、それに賭《か》けてみたいんだ」

「っ……あなたって、ほんっとーに……！」

リィンの眉《まゆ》がみるみるうちにつり上がる。

そのころにもなれば、先ほどまでその頰を濡らしていたはずの涙はすっかり乾いてしまっていた。いつも以上に鋭い蒼玉《そうぎょく》の目でクロウを真っすぐに射抜く。

「その顔で頼めば私が折れるって、わかっててやってるんだから！　昔っからそうよ！　たちが悪いったらありゃしない！　どうなっても私は知らないんだからね⁉」

「覚悟の上さ。ダメだったら、俺がくたばる前におまえを殺してやるからよ」

「ああそう！　だったら安心ね！　お礼にあなたを道連れに……っ！」

そこでリィンの顔が歪《ゆが》んだ。

歯を食いしばって何かに耐える彼女に、クロウは静かに声をかける。

「……きついみたいだな」

「あいにく、ね……もう、今にも意識が、飛んじゃいそうなの」

リィンは弱々しい笑みを浮かべてみせる。

だが、自身の命運が今にも尽きようとしているのに、その目に宿った光はいつも以上にギラついていた。それでもほんのすこしだけ言いよどんでから、彼女は上目遣《うわめづか》いで問いかける。

「……本当に、いいの？」

「ああ。最後までとことん付き合うさ」

「だったら……もう、迷わない！」

リィンが声を振り絞る。

そして――。

「あなたに託すわ、クロウ！　聖遺物……黒陽剣を！」

そう、鋭く宣言すると同時。

爆音とともに黒雷が天地を貫き、熱風があたり一帯に襲い掛かった。


「っ……なんですの⁉」

「こいつは……」

爆音と同時に、ベアトルージュが弾かれたように顔を上げた。

そして、トリスもまた呆然《ぼうぜん》とそちらを見つめるのだ。

両者深い傷を負っており、敵の気がそれた今こそ不意を討《う》つチャンスのはず。

そうだというのに、ふたりは相手のことなど忘れ、目の前の光景に見入るだけだった。

あれだけ荒れ狂っていたはずの黒雷がぴたりと止んでいる。かわりに立ち込めるのは色濃い砂塵《さじん》だ。ピリピリと紫電《しでん》をまとったそれが、次第に薄く晴れていく。

そのただ中に立っていたのは——。

「ぐっ……う！」

クロウだ。

にぎりしめた黒陽剣は漆黒《しっこく》の雷をまとい、低い唸《うな》り声を上げている。

しかしむやみに雷撃を放つことなく、ある程度は安定していた。

「思ったよりも……きついな、こりゃ……！」

額に脂汗《あぶらあせ》を浮かべてクロウは笑う。

こうして手にしているだけで、剣に魂を喰《く》われていくような冷たい感覚に襲われるのだ。黒雷のせいでむせ返るほどの熱風が吹き荒れるなか、体の震えが止まらない。

「だが……御して、みせる……！」

クロウは黒陽剣を手放さなかった。

ただ鎮《しず》めることだけに集中し、前をしかと見据える。

依然として砂塵の舞うただ中で――人影がゆらりと立ち上がる。

リィンだ。深く俯《うつむ》いた彼女は、黒陽剣を手放したためか苦痛を覚えている様子はない。

だが、クロウの背中を冷たい汗が流れ落ちる。

【ウ……ウウぅ……】

形のいい唇からこぼれ出るのは、地の底から響くような低いうなり声で。

その背中で、光の羽が大きくはためく。

その顔が、ゆっくりと上がる。

蒼穹《そうきゅう》色のはずの瞳は……血のように紅《あか》く染まっていた。

【其《そ》は……其は、我が、宝剣……！】

黒陽剣を目に止めて、それがゆらりとクロウへ足を向ける。とたん、あふれ出るのは鮮烈な熱波だ。それがひと撫《な》でするだけであたりの芝生を塵《ちり》に変える。

今度は演技などでは決してない。

間違いなくこれは……リィンの身体を借りた何者かだ。

その形相が歪んだ刹那《せつな》――。

【其れを返せ！　小僧！】

「ぐっ……！」

リィンの細い足からは想像もつかないような脚力で、地面を蹴って迫りくる。

しかしクロウはただ剣をにぎりしめ、迷うことなく迎え撃つのだ。
剣の使い方は不思議と理解できた。
それればかりか、四肢《しし》に信じられないくらいの力がみなぎっていく。
刹那の時間が引き延ばされた、永劫《えいごう》にも似た一瞬に――。
「はっ……！」
クロウは薄く笑う。
未来の世界では血を吐き、肉が裂けてもなお、ただ貪欲《どんよく》に力だけを求め続けた。
それはすべてリィンの命を奪うため。そのためだけに生きてきた。
そうだというのに、今の自分は――。
（リィンを助けるために戦おうとしてるんだから……笑わせる！）
だが、体を包み込むのは、間違いようもない高揚感で。
クロウは固く決意する。世界は必ず救ってみせる。
そのついでに少女をひとりくらい救っても……きっと罰は当たらないだろう。
「汝《なんじ》の真の姿を解き放て！　黒陽剣！」
魔の力を秘めた短剣をクロウはしゃにむに振り上げる。
刹那、刀身に黒い雷がまとわりついて、天を貫くほどに膨れ上がった。
それはまるで、巨神が下す裁きの鉄槌《てっつい》。

クロウはその巨大な刃を、手ごたえのままに振り抜くのだが――。

【笑止……！】

リィンの姿をした何者かが、あろうことか素手でその刃を受け止めた。

爆ぜる雷撃。だがしかし、それは彼女をわずかにも害することなく弾かれる。目のくらむほどの光があふれ、ふたりの影が濃さを増す。

何者かが口の端を歪めて嗤《わら》う。

それと同時に、雷の刃が音を立てて砕け散る。

だが、クロウはかまわず仕上げに入るのだ。

それすなわち――借り物などではない、己の力。

「《投影《シャドーアーツ》》！」

「がっ、あ……⁉」

彼女の身体が悲鳴とともにぐらりと傾《かし》ぐ。

細い首筋を鋭く打ち据えたのは……伸び上がったクロウの影だった。

そのまま倒れるリィンをあわてて受け止める。黒い光がその体を包み込んだかと思えば……背中の羽根は消え、身にまとうものも元のドレスへと戻ってしまった。

「そんなっ……魔神様が……⁉」

そこで響き渡るのはベアトルージュの悲鳴だった。

青白い顔をした魔族の女に、クロウは黒陽剣を突きつける。

「次は、おまえが相手をしてくれるのか？」

「くっ……今日のところは……見逃してあげますわ！」

典型的な捨て台詞《せりふ》だった。

その身から炎が吹きあがったかと思えば、ベアトルージュは完全に姿を消してしまう。

黒陽剣もまた雷を止めて、うんともすんとも言わなくなった。

「はあ……やれやれ。終わったか」

クロウはようやく一息つく。

そういえば指輪もいつからか沈黙し、頭痛はきれいさっぱり収まっていた。

背後の足音に振り返れば、疲れたような薄笑いを浮かべるトリスが立っていた。

「まさか……魔神相手に騙《だま》し討ちをするとはね。恐れ入ったよ」

「完全に博打《ばくち》でしたけどね……」

クロウが苦笑いを返して、腕の中のリィンを見やる。

彼女はこちらの死闘も知らず、安らかな寝息を立てていた。その気の抜けた顔に、クロウは
ほっと胸を撫で下ろし――。

「でもほんと……うまくいって、よかっ……た」

「お、おい！　クロウ⁉　しっかりしろ！」

慌てふためくトリスの声が、どこか遠くに聞こえて。

クロウはリィンを抱きしめたまま、重いまぶたを閉ざすのだ。


この日、トランヴァース王国では奇妙な現象が確認された。

突如《とつじょ》として南西の方角で、地から天に向けて漆黒の雷が奔《はし》ったのだ。

広大な領土内のほとんどの場所から確認できたその謎《なぞ》の現象は、しばし人々の噂《うわさ》にのぼったが、目立った被害も確認されなかったため、すぐに忘れ去られてしまう。

その黒雷がこの国を滅ぼしたかもしれないなんて……考える者は誰もいなかった。

epilogue
エピローグ

World End Chronicle
Before you betray the world

「う……あ、あれ」

目覚めると、一面の白が目に入った。

焦点が合わず、しばし目を瞬《しばたた》かせて……ようやくそれがどこかの天井《てんじょう》だと知る。

それと同時に自分が寝かされていることにも気付くのだ。

やけに意識がぼんやりしていて、全身に泥のような倦怠感《けんたいかん》がまとわりついている。

「ここは……？」

「っ、クロウ！」

そこで慌てた声が耳朶《じだ》を打った。

横から顔を覗《のぞ》き込んでくるのはリィンだ。眉《まゆ》を寄せたその顔は真《ま》っ青《さお》で、すこしの疲弊の色が浮かんでいた。手には絞ったばかりのタオルを握っている。

リィンはホッと胸を撫《な》で下ろしてみせる。

「よかった。やっと目が覚めたのね。体の調子はどう？　どこか痛んだりしない？」

「あ、ああ……なんとか平気だけど」

気だるさがあるだけで、痛みはない。

ベッドに横になったままクロウは首を横に向ける。

窓の外に広がっていたのは突き抜けるような青空だ。

太陽の位置からして早朝だろう。それ以外取り立てて代わり映えのない景色である。

平和なはずのそれを見て、なぜかクロウの胸はざわついた。

眠りにつく前の記憶は霞《かすみ》がかかったようにあいまいだ。

「あれ……屋敷、ボロボロになってた気がするけど……」

「トリスの魔術ですっかり直ったわよ。だってあれからもう三日たつんですもの」

リィンはそばの椅子《いす》に腰かけて、クロウの額をタオルで拭《ぬぐ》ってくれる。

そうしてこちらに向けるのは優しい笑みで――。

「無理せず寝てなさい。聖遺物を使って無茶したんだもの。消耗して当然だわ」

「うん……それじゃ、お言葉に甘え……聖遺物⁉」

「きゃっ⁉」

はっとして跳ね起きれば、そこで意識が明瞭となった。

ベッドから抜け出そうとするクロウのことを、リィンが慌てて制止する。

「ちょっ⁉　どこ行くのよ！　まだ寝てなさいって！」

「寝てられるわけないだろ！　黒陽剣《こくようけん》を早く封印しないと……！　あんなものがあっちゃ、

また、おまえと、この国が――」

「いいから、寝てなさいってーの！」

「うおわっっ!?」

顔面に紙の束《たば》を叩《たた》きつけられて、クロウはベッドに逆戻りしてしまう。

「いてててて……な、なんだこれ」

「三日前の新聞よ」

リィンは腰に手を当てて鼻を鳴らす。

「そこに書かれている通り、事件は全部解決したんだから。あなたが今さら慌てる必要なんてないのよ」

「えっとなになに……『聖遺物盗難未遂事件』？」

紙面に躍る見出しに目が点になる。

トランヴァース王国の聖遺物、黒陽剣が何者かに盗まれそうになったこと。

しかし、現場に偶然居合わせた王国顧問魔術師によって犯行が未然に防がれたこと。

幸いにして死傷者はなく、無事に再度の封印がなされたこと。

そうしたあらましが、隅《すみ》にざっくりと記載されていた。

「犯人が魔族だっていうことは、さすがに伏せられているけど……あなたはその騒動に巻き込まれて、今日まで寝込んでたって設定よ。サクラにもそう伝えているんだから、口裏合わせてよね」

「それは別にかまわないけど……おまえはなんともないのか？」

「ええ。トリスが言うには魔神の魂は休眠状態ですって」

「そうか……無事に終わったのか」

クロウは大きく息を吐き、天井を見上げる。

肩の荷が下りたというよりも、体の一部がなくなったような……そんな奇妙な心地だった。

そんなふうにぼーっとしていると、不意に手をにぎられる。

「……リィン？」

「ありがとう。あなたのおかげで、この国は救われたわ」

リィンは手に力をこめて、重く吐き出すようにして言葉を紡ぐ。

クロウを真っすぐ見つめる瞳《ひとみ》には、震えるまつげが暗い影を落としていた。

「そして、私も助けてもらった。お礼を言っても、言い尽くせないくらいだわ。私は魔神の生まれ変わりで……この国とあなたに、取り返しのつかないことをしてしまったのに」

「何言ってんだよ。それは未然に防げただろうが」

「違うわ。あなたの世界の……『私』のことよ」

「ああ……手紙が来たんだっけか。『聖遺物を手にすれば呪《のろ》いが解ける』っていう」

それを発端にして、クロウの世界の『リィン』はこの国を滅ぼしてしまった。

リィンはその記憶をなぜか覗《のぞ》き見てしまったのだという。まして自分が魔神の生まれ変わりだと判明したあとだし、自責の念は計り知れない事だろう。

だが……それを言うなら、クロウも同じだ。

「……俺《おれ》さ、さっきまで嫌な夢を見てたんだよ」

「夢……？」

「ああ。俺はある日……おまえの元に届いた、変な手紙を見つけるんだ」

手紙の差出人は不明で。

それに嫌な予感を覚え、夢の中の『クロウ』はこっそりとそれを開封してしまう。

そして……そこにはこう書かれていた。

『聖遺物を手にすれば、あなたの呪いは解けるでしょう』

そう打ち明けると、リィンの顔色がさっと変わった。

「まさか、それって……」

「おまえの世界の『俺』の記憶だろうな。で、結果はお察しだ。『俺』もまたその手紙に踊らされて……聖遺物を暴走させて、この国を滅ぼした」

呪いを解くためにしたことだと知れば、リィンはきっと苦しむだろう。

だから夢の中の『クロウ』はなにも告げることなく彼女の前から姿を消した。

「たったそれだけなんだ。手紙を開けたのが俺か、おまえか……そんなすこしの違いで、俺たちの運命は変わっていたんだ」

かたや、国を滅ぼした悪魔に。

かたや、国を滅ぼされた復讐《ふくしゅう》鬼に。

ふたりとも、そのどちらにもなる可能性があったのだ。

蒼白《そうはく》な顔で黙りこんだのリィンの手を、クロウはそっと握り返す。

伝わってくるぬくもりが、これが夢などではないことを証明する。

「でも、俺たちは今回その運命に打ち勝った。だからせめて胸を張ってやろうじゃないか」

「俺たちって……わ、私はなにもしてないわよ？」

「何言ってんだ。おまえだってあそこで諦《あきら》めずに決断しただろ。十分誇っていいはずだ」

「……うん」

リィンはしばし押し黙り、嚙《か》みしめるようにしてうなずいた。

そこからふたりの間に沈黙が落ちる。手を離すタイミングを逃したせいで、その間も手はつなぎっぱなしだった。そうしていると、リィンの指先に熱が宿っていくのがわかった。

やがて彼女がもじもじとその沈黙を破る。

「あ、あのね、クロウ……あなた、あのとき、私のこと好きだって、言ったじゃない」

「あーうん、言ったな」

「ぐっ……誤魔化《ごまか》す気はないってわけね。だったら話は早いけど……あのね、私……あなたが起きたら、ちゃんと言おうと思ってたことがあって。その……」

そこでまた、リィンは言葉を詰まらせてしまう。

耳の先まで真《ま》っ赤《か》に染まったその顔を見れば、嫌でもその先の展開を悟ってしまう。

なにしろこんな空気は……かつて経験済みだからだ。

やがてリィンは決意を固めるように力強くうなずいて――。

「クロウ！　私もやっぱり、あなたのことが――」

「お取り込み中のとこ悪いんだけどさあ」

「ひゃあああっ⁉」

急な横やりに驚いて、椅子から勢いよく転げ落ちてしまうリィンだった。

「あ、あれ、トリス様？」

「よう、クロウ」

ベッドのそばには、いつの間かトリスが立っていた。

いくぶんむすっとした顔で、目には色濃い隈《くま》が浮かんでいる。髪もすこしぼさぼさだ。珍しく疲労困憊《ひろうこんぱい》、といったありさまである。それでも彼女は口の端《は》を持ち上げてにやりと笑う。

「そろそろ起きるころだと思ってね。その様子じゃ、体に異変はなさそうだな」

「はあ、おかげさまで……でも、トリス様の方はなんだかお疲れみたいですね」

「そりゃ当然だろ。こちとら例の事件の事後処理が残っているんでね。そんで、ちょっとおまえさんには話があったんだけど……」

床に尻《しり》もちをついたリィンに、トリスはちらりと視線を投げる。

しかしすぐにかぶりを振って。

「まあ、また今度でいいさ。それじゃ、あとは若い者同士で――」

「待ちなさいよ、トリス」

リィンの呼びかけに、踵《きびす》を返しかけたトリスの足がぴたりと止まる。

その背中に、リィンはため息をこぼすのだ。

「事件からほとんど帰ってこないし、帰ってきてもろくに私の顔を見ないし……いつまで逃げてる気なのよ」

「……そうだな。これ以上は卑怯《ひきょう》か」

トリスはくるりとリィンに向き直る。

その顔に浮かんでいるのは険しい形相で……彼女はその場で深々と頭を下げてみせた。

「言い訳はしないし、恨んでくれてもいい。ずっと騙《だま》していて、すまな――」

「そういうことが聞きたいんじゃないってーの！」

「……へ？」

ぽかんと顔を上げるトリス。それにリィンはふんっと鼻を鳴らすのだ。

「私のご先祖様との約束だったんでしょ、魔神の生まれ変わりを必ず殺すって。トリスの事情もわかるし、謝る必要なんてないわ。だから……その」

勢いよく紡《つむ》いだはずの言葉は、やがて尻すぼみになっていって。

リィンは顔を背《そむ》けながら、ぽつりとこぼすのだ。

「私のことが嫌いじゃないなら……そばにいてよ。寂《さび》しいじゃないの」

「っ……リィン！」

「わわっ⁉」

トリスに飛び掛かられて、リィンが小さな悲鳴を上げる。おかげでふたりして床に転がる羽目になった。トリスはリィンを抱きしめながらぼろぼろと大粒の涙をこぼす。

「嫌いになんかなるもんか……！　魂がなんだろうと……おまえはあたしの……かわいい妹みたいなもんなんだから……！」

「知ってるわよ。まったくもう……三百以上も年上なのに手のかかる姉さんだこと」

その背中を、リィンはぽんぽんと叩《たた》くのだった。

ふたりのやり取りに最初はひやりとしたクロウも、ようやく胸を撫で下ろす。

「よく許せるよなあ……自分を殺そうとした相手だぞ？」

「いいのよ。だって、なんだかんだで大団円《だいだんえん》って感じだし？」

そう言ってリィンはウィンクしてみせる。

黒陽剣は封印され、この国が滅ぶ未来は回避された。

リィンの抱える魔神の魂も、ひとまず眠りについたようだし。

「私がまたあんな状態にならないとも限らないけど……聖遺物に近付かなきゃ大丈夫だと思うし、この指輪は持ってても問題ないみたいだし。つまり万事解決なのよ！」

「だな。ようやく厄介ごとが全部終わったって感じで――」

「うっうっ……果たしてそうかな？」

「へ？」

トリスが嗚咽《おえつ》まじりにこぼした言葉に、ふたりとも目が点になる。

「どうかしたんですか？　まさか、またなにか問題でも……」

「うう、あとで話そうと思ったけどさぁ……まあ、早い方がいいか……ぐすっ、それ」

トリスは涙をぬぐいながら指を鳴らす。

すると虚空《こくう》からなにかが落ちてきて、クロウの手元に収まった。

それは、どこかで見た覚えのある漆黒《しっこく》の短剣で……。

「その黒陽剣、おまえさんに預けることになったから」

「うどわっぁあああ⁉」

「きゃあああああ⁉」

リィンとそろって悲鳴を上げて、クロウはベッドから飛び上がる。

己《おのれ》の手の中にあるのは、やはり先日の事件の元凶。黒陽剣そのものだった。

「ちょっ、待て待て⁉　こんなものどうしろって……⁉」

「うわわ⁉　こっちに来ないでってば⁉」

「はー、ちゃんと謝れてすっきりした。そんじゃ、あとはよろしくー」

「「待って⁉」」

やけにすっきりした顔で立ち去ろうとするトリスを、ふたり揃《そろ》って引き止める。

「一から説明してくださいよ⁉　預けるってなんですか⁉」

「そうよそうよ！　封印し直したはずでしょ⁉」

「そのつもりだったんだけどさあ」

トリスは盛大にため息をこぼす。

「いざ封印しようとしたら、びりびりどっかーんと暴走しまくってどうしようもねーんだわ。たぶん主人のそばを離れるのが嫌なんだろうなあ」

「主人って……まさか俺のことですか？」

「そーそー。げんに今は安定してるし、リィンもなんともないだろ？」

「い、言われてみればたしかに……」

黒雷が起こる様子も、リィンが豹変《ひょうへん》する兆しもない。

握りしめた黒陽剣は、ただの薄汚いなまくら刀にしか見えなかった。

しげしげと短剣を見つめるクロウの肩を、トリスがぽんっと叩く。

「つーわけだ。クロウ。完全封印の手はずが整うまで、しばらくそいつはおまえさんに預ける。くれぐれも失くしたり悪用したりするんじゃねーぞ」

「いやいやいや⁉　いくらなんでもお断りですよ⁉　こんなもの持ってちゃ命がいくつあっても足りませんって！」

「うるせえ、こっちだって苦肉の策なんだよ。今のところほかに手立てはないし……まー、表向きにはレプリカを封印してきたからさ。騒ぎにはならないから安心しろよ」

「安心できるわけないじゃないっすか⁉　せっかく全部終わったっていうのに問題を持ち込まないでくださいよ！」

「全部終わったぁ？　さっきもほざいていたけど、それ本気で言ってるのか？」

「へ……？　事件は全部解決しましたよね？」

「んなわけねーだろ。だってあの指輪、ふたりともまだ持ってるじゃねーか」

「指輪って……こいつのことですか？」

クロウが未来で受け取った、聖遺物。

道標輪廻《どうひょうりんね》は、依然として右手の人差し指に収まったままだった。

リィンもまた自分の指に輝く指輪を不思議そうに見つめている。

「たしかにまだあるけど……それがどうかしたわけ？」

「そいつは持ち主を望む未来へ導く聖遺物。持ち主の願いが叶《かな》えば、自然と外れるはずなのさ」

「……取れませんね」

引っ張ってもねじっても、ふたりの指輪は動く気配がない。

ごくりと生唾《なまつば》を飲み込んで、血の気が引いていく互いの顔を見比べた。

「つまりまだ俺たちの願いが叶っていなくて……」

「世界の危機は継続中ってこと⁉」

「順当に考えりゃそうなるだろうよ」

トリスは何を今さら、といった呆《あき》れ顔である。

「そもそも今回解決したのはトランヴァース王国の事件だけ。ほかの問題が山積みだろうに」

「た、たしかにそうですけど……」

ベアトルージュに情報を渡した者について。

また、トランヴァース王国以外で起こる重大事件について。

それらの問題は、目の前に横たわったままである。

おまけに自分の手の中には、件《くだん》の聖遺物が収まっているしで……。

「おまえさんが何者で、なぜ聖遺物が使えるのかっつー疑問も説明がつかないままだし。これで大団円なんて言えるはずないだろ？」

「むしろもっと話がややこしくなった気もします……」

すべて終わり、リィンとお互いの気持ちをたしかめ合ってハッピーエンド。

そんな流れだったはずが……事態はおかしな展開に転がり始めた。

「あのさ、リィン……さっきの話は、っ……⁉」

そこまで言葉にしたところで、突然胸倉《むなぐら》を引っ張られる。

たたらを踏んで顔を上げ……頬《ほお》になにか柔らかなものが触れた。

それはひどく懐かしい感触で――。

甘い匂《にお》いが、クロウの思考を凍り付かせる。

トリスがひゅうと空々しい口笛を吹いたところで。

「……そうね。今は好きとか嫌いとか言ってる場合じゃなさそうだし」

リィンはクロウを解放して、にやりと笑う。

「だからこの話は、全部終わらせてから。それまで保留にしておきましょ」

「保留って……じゃあ今のはいったい何なんだよ⁉」

「ただのお礼よ」

「ああそう……」

もうほとんど答えが出たようなものだと思うのだが。

頬に残る感触を噛みしめながら、クロウはため息をこぼす。

そんな彼を横目に、リィンはぼそぼそと。

「それに……抜け駆けはサクラに悪いものね。ちゃんとあの子に話してからじゃないとフェアじゃないし」

「あ？　なんでサクラが出てくるんだよ」

「あなたは知らなくて結構よ。女同士の秘密ってやつなんだから」

ふふん、とリィンはいたずらっぽく笑う。

そうしてクロウに、金の指輪が輝く人差し指を突きつけるのだ。

「いつかちゃんと言うんだから。あなたが好きだってね！」

「ああ、そうですか……」

クロウはただ、苦笑することしかできなかった。

◇

クロウとリィン、そしてトリス。

三人が今回の事件について言葉を交わしていたころ。

リィンの屋敷を遠目に眺める丘に、虚空《こくう》よりふらりと人影が現れ出《い》でた。道化の衣装に身を包み、仮面で顔を覆《おお》い隠した小柄な人物。背中には魔族の証《あかし》である六枚羽が生えている。

道化は屋敷を眺めて、小さくため息をこぼす。

「これで計画通り……あの男の手に聖遺物が収まったか」

計画通りという言葉に反し、その声にはかすかな苛立《いらだ》ちがにじんでいた。

しかし、道化はそれを振り払うようにしてかぶりを振る。

「まだ機はある。それまでになんとしてでも……やつを殺す手立てを見つけねば」

そうして道化は屋敷に向かって一礼する。

地をにらみながら紡ぐのは……誓いの言葉だ。

「どうか今しばらくお待ちください、魔神様。必ずやこの私めが……お救いいたします」

ぱちん、と指を鳴らす。

するとその瞬間、道化の六枚羽が光を放った。

衣装と仮面は光に溶けて消え、羽も折り畳まれて体の中に仕舞われていく。

やがて光が収まった後……そこにはなんの変哲もない、ひとりの少女の姿があった。

身にまとうのは魔道騎士の制服。あどけない顔立ちを縁どるようにして、桜色の髪が揺れる。

少女はゆっくりと目を見開いて――。

「……あ、あれ？」

きょろきょろとあたりを見回して、不思議そうに首を捻《ひね》る。

「私、なんでこんなところにいるんだろ……またぼーっとしちゃってたのかな？」

しばし少女はうんうんと考え込む。

だが、ひときわ強い潮風がすり抜けたことで、はっと我に返ったようだ。

「あわわ……こんなことしてる場合じゃなかった！　クロウくんの看病、リィン様と交代する約束なのに！」

少女――サクラは、慌ててその場から駆け出していく。

あとにはなにも残らず……ただ、草木が風に揺れるだけだった。

あとがき

二〇一八年、九月四日。

日本列島を台風二十一号が襲いました。

私の暮らす和歌山もかなりの被害が出て、親戚の家では窓ガラスが何枚も割れました。停電になったり、そうかと思えばすぐ復旧したり、ひどく不安定な状態が続きました。

パソコンも開けないのでテレビを見るしかなく、かといってテレビを見ていても天変地異的ニュース映像の連続で……ひどく不安になったのをよく覚えています。

そんなわけで、積みまくっていた本に手を伸ばしました。

本に没頭しているうちに台風は通り過ぎ、とても安堵したものです。

みなさんも物語に助けられた経験がおありのはず。ただの暇つぶしに始まり、辛いときの避難先であったりと、様々な場面が浮かぶと思います。私もこれまでの人生で何度も助けられました。今後も恩返しとして、誰かの手助けができる物語を作っていきたいものです。

さて、本作はいわゆる『やり直しもの』です。

過去に戻ってあの失敗をなかったことにできたら……とは、誰もが考えることでしょう。

そんなチャンスを得たふたりが、衝突したり理解を深めたりするお話です。主人公&ヒロインというよりはダブル主人公ものになるのでしょうか。どうか気軽に楽しんでいただけましたら幸いです。

それでは後半で謝辞を。

イラスト担当のイセ川ヤスタカ先生。ご多忙のなかイラストをご担当いただき、まことにありがとうございました。表紙で背中合わせになるクロウとリィンが最高にカッコいいです！

担当のU様。初稿までに大変な時間をいただいてしまい、非常に恐縮です。U様の激励がなければこの作品は日の目を見ることがありませんでした。本当にありがとうございました。

最後にまとめて読者様方に。

本作を手に取っていただけましたこと、心より感謝いたします。

ほんのわずかでも、みなさんにほっとできる時間をご提供できたのなら本望です。

また冒頭でも述べましたとおり、昨年は台風や地震など、災害続きの一年でした。被害に遭われた読者様方に、お見舞い申し上げます。

それではまた近いうちに、物語をお届けできるよう精進いたします。

霜野《しもの》おつかいでした。


（私信）

M君へ。公認会計士試験、合格おめでとうございます。

これからが大変でしょうが、どうか体に気を付けて頑張ってください。応援しております。

ファンレター、作品の
ご感想をお待ちしています

〈あて先〉

〒106－0032
東京都港区六本木2－4－5
SBクリエイティブ（株）
GA文庫編集部 気付

「霜野おつかい先生」係
「イセ川ヤスタカ先生」係

本書に関するご意見・ご感想は
右の QR コードよりお寄せください。

※アクセスの際や登録時に発生する通信費等はご負担ください。

https://ga.sbcr.jp/

ワールドエンドクロニクル
君がセカイを裏切る前に

発　行　　2019年2月28日　初版第一刷発行
著　者　　霜野おつかい
発行人　　小川　淳

発行所　　SBクリエイティブ株式会社
〒106－0032
東京都港区六本木2－4－5
電話　03－5549－1201
03－5549－1167（編集）

装　丁　　AFTERGLOW

印刷・製本　中央精版印刷株式会社

ISBN978-4-8156-0025-9
Printed in Japan　　GA文庫

可愛い女の子に攻略されるのは好きですか？ 4

著：天乃聖樹　画：kakao

許嫁の凛花《りんか》と二人きりで、プレハネムーンに出かけることになった帝《みかど》。ところが当然、追跡してきた恋愛ゲーム中の姫沙《きさ》たちも現れる。

「いけないわたくしに、お仕置き、してくださいませ……」

南国のリゾート、水着姿でいつもより開放的な凛花の誘惑に、心を開きそうになる帝。しかし姫沙らも黙ってはいない。謀略を巡らせ、ハプニングを装い、二人きりになって肌に触れ……。美少女たちの甘い誘いに、帝の理性は耐えられるのか……。

恋に堕ちたら人生終了!?

ポンコツ策略家の甘々恋愛ゲーム、第4弾！

最弱無敗の神装機竜《バハムート》17

著：明月千里　画：村上ゆいち

「安心してください。兄さんは——妹の私が守ってみせますから」

平和の裏で『大聖域《アヴァロン》』を操り、支配を目論むのラフィ女王の陰謀を止めるため、『蒼穹師団《そうきゅうしだん》』の指導者《リーダー》となったルクスは、その正体を皆に隠し、『新王国崩し』を開始する!!

表向きは気心の知れた『騎士団《シヴァレス》』の少女たちに癒される日々を過ごす裏で、ルクスは夜架やエーリル、アルマらを指揮し、『大聖域』が隠された地と、『聖蝕《せいしょく》』の秘密に切り込んでいく。対するラフィは、仲間である『騎士団』の精鋭を差し向け、幾重にもルクスを絡めとる策を打ち、ついに恐るべきその本領を現す！

王道と覇道が交錯する"最強"の学園ファンタジーバトル、第17弾!!

暗黒騎士の俺ですが最強の聖騎士をめざします4

著：西島ふみかる　画：ももしき

GA文庫

「エルフの隠れ里が王国内に!?」　カイは、シエル王女、王宮聖騎士ドロテとともに、エルフを探すため森林地方へと赴く。しかし森を探索中、カイとシエルはドロテとはぐれてしまった。そんな二人の前に現れたのは、黒く巨大な人型の生物。それは古文書で語られる『魔人』によく似ていた。

「これは危険だ！　逃げろシエル!!」　戦いながら進化していく魔人に苦戦するカイ。一方、シエルは隠れ里を発見し、エルフとともにカイを助けに戻る。シエルとエルフの力を得て、カイが見せた新たなる剣技とは!?

「魔法剣――〈神なる零《ディバイン・ゼロ》〉!!」

　互いのために命を懸ける、暗黒騎士と王女の物語。新展開の第四幕!!

電脳戦姫エンジェルフォース2

著：箕崎 准　画：伍長

夏休みを利用し、海へ合宿に行くことになった勇人《ゆうと》たち。彼らはそこで、部隊のサポートメンバーである美少女中学生姉妹・梨紗《りさ》＆紗羅《さら》と合流。昼は謎の三人組を捕らえるための特訓を、夜はコテージで（嬉しい）ハプニングだらけの共同生活をおくることになる。

だが——合宿の終わりが見えはじめたある日、彼らは突然《NOAH《ノア》》の世界に閉じ込められてしまう！　仕掛けた敵は……えっ、海で知り合ったばかりの小学生の女の子！？　脱出の条件として課された五つのゲームを、各々の強みを活かして攻略する勇人たちだが——。

「《終わらない夏合宿《エンドレス・サマー》》、開幕です」 VRMMOバトルファンタジー第2弾！

ここは俺に任せて先に行けと言ってから10年がたったら伝説になっていた。

著：えぞぎんぎつね　画：DeeCHA

GAノベル

最強魔導士ラックたちのパーティーは、激戦の末、魔神王を次元の向こうに追い返すことに成功した。――だが、魔神の残党たちの追撃は止まない。

「ここは俺に任せて先に行け!!」

ラックは、仲間二人を先に帰し、一人残って戦い抜くことを決意する。ひたすら戦い続け、ついには再臨した魔神王まで倒したラック。帰還した彼を待っていたのは、いつの間にか10年の歳月が過ぎた世界だった。仲間二人と再会したラックは、今度こそ平和で穏やかな人生を歩もうとするが――!?

10年の時を経て元の世界に帰ってきた元・勇者パーティーの最強魔導士ラックが、時にのんびり、時に無双してにぎやかな毎日を過ごす大人気ストーリー、開幕!!

最強の魔導士。ひざに矢をうけてしまったので田舎の衛兵になる3

著：えぞぎんぎつね　画：TEDDY

GAノベル

魔人の襲撃を退け、古代竜に託された子・シギショアラを守り抜いた最強魔導士兼ムルグ村専属の衛兵アルフレッドだったが、再びさまざまな場所で次々に暴走した魔獣が現れ始める。それらの魔獣に共通しているのは「ゾンビ化」していること。ユリーナ達はそれが「森の隠者」によるものだと推測するのだが――!?

「……森の隠者は、わらわの姉上なのじゃ」

大好きな姉が黒幕認定されてショックを受けるヴィヴィ。果たしてそれは真実なのか!?　時にひざに矢を受けた衛兵、時にミレット＆コレットの魔法教師。新たにヴィヴィの姉も登場、魔狼フェムもついに魔天狼になってお届けする、Sランク最強魔導士ののんびり無双なスローライフ第3弾!!

それは、
「書く」魔法。
進化しました！
第12回 GA文庫大賞
イラスト／紅緒
GA文庫では10代～20代のライトノベル読者に向けた
魅力あふれるエンターテインメント作品を募集します！
大賞賞金300万円＋ガンガンGAにてコミカライズ確約！
◆募集内容◆
広義のエンターテインメント小説（ファンタジー、ラブコメ、学園など）で、日本語で書かれた
未発表のオリジナル作品を募集します。希望者全員に評価シートを送付します。
※入賞作は当社にて刊行いたします。詳しくは募集要項をご確認下さい。
応募の詳細はGA文庫公式ホームページにて
https://ga.sbcr.jp/